講談社文庫

新装版
梅安針供養
仕掛人・藤枝梅安 (四)

池波正太郎

講談社

目次

新装版　梅安針供養

仕掛人・藤枝梅安（四）

梅安針供養《はりくよう》

銀杏落葉

一

「どうしても、明日《あした》の朝までに、これだけは納めなくてはならねえのだよ、梅安《ばいあん》さん。おれが、こうしてつまらねえ仕事をしているのを其処《そこ》で見ているのも退屈だろうから、足先《ひとあし》に井筒《いづつ》へ行っていておくんなさい」

慣れた、あざやかな手つきで、彦次郎《ひこじろう》は楊子《ようじ》を削りながら、藤枝《ふじえだ》梅安にそういった。

梅安の正業が鍼《はり》医者であるのと同様に、彦次郎のそれは、楊子つくりの職人である。

同時に二人は、大金で殺人を請負《うけお》う〔仕掛人《しかけにん》〕でもあるのだが、このところ、梅安も彦次郎も正業に精を出し、二、三度、依頼があった仕掛けの相談にも乗ろうとはしなかった。

　彦次郎がつくる楊子は、歯を掃除する〔ふさ楊子〕と〔平《ひら》楊子〕で、これを、浅草観世音（浅草寺《せんそうじ》）の参道にならぶ卯《う》の木屋《きや》という楊子屋が買い取っている。

　卯の木屋の楊子といえば、江戸でも有名なものだし、その卯の木屋の主人《あるじ》が、

「彦さんの楊子でないと、買ってはくれぬ客が多い。お客は正直だねえ」

というほどに、彦次郎は、よい腕をしているらしい。

「そうか。それでは先へ行っていよう」

「そうしておくんなさい。なあに半刻《はんとき》（一時間）もかかりゃあしねえ」

「それなら彦さん、明日、卯の木屋へ納める楊子を持って井筒へ来るがいい。そうして今夜は、のみあかそうじゃないか」

「いいのかね、梅安さん」

「何が？」

「おもんさんに怒られそうだ」

「何をいうのだ、ばかな……」

　彦次郎の家からも程近い浅草・橋場《はしば》の料亭〔井筒《いづつ》〕の座敷女中おもんと梅安の仲は、井筒の主人夫婦も公認というわけで、いまはだれにも気がねがいらぬ。

　藤枝梅安は、彦次郎の家を出て、井筒へ向った。

梅安は一昨日から、品川台町の自宅を出て、武蔵《むさし》の国・葛飾郡《かつしか》（いまの東京都・葛飾区）の新宿《にいじゅく》へおもむいていた。

新宿の布海苔問屋《ふのりどんや》・下総屋六左衛門《しもうさやろくざえもん》は、以前から梅安の患者で、

「急に左の腰から足へかけて痛み出し、歩くこともできなくなりましたので、ぜひぜひ、お越し下さいますよう」

と、使いの者が下総屋の口上《こうじょう》をもって、梅安の家へ駆けつけて来たので、梅安は葛飾の新宿まで出かけたのだ。

一昨日からの鍼の治療で、下総屋六左衛門は、

「まるで生き返ったような……」

回復を見せたので、

「今度は、そちらからおいでなさい。私が留守にすると、近くの患者たちが困るのでな」

梅安は、こういって、今日の日暮れ前に駕籠《かご》で新宿を発《た》った。

途中、井筒のおもんに会いたくなってきたので、

（そうだ。彦さんをよんで、久しぶりにのみたいものだ）

千住大橋をわたり、浅草の外れの塩入土手《しおいりどて》に沿った畑の中にある彦次郎の家を訪れたのである。

それから、彦次郎が出してくれた冷酒《ひやざけ》をのみつつ、彦次郎の仕事ぶりをながめているう

ち、夜になってしまったというわけだ。

治療に使う鍼の道具が入っている小箱は、

「ついでに、おれが持って行くから、そこへ置いて行きなせえ」

彦次郎が、そういってくれたので、梅安は右手に借りた提灯《ちょうちん》、左手をふところに入れて畑道を歩み出した。

秋も深くなり、夜に入ると日増しに冷気が加わってくるのが、はっきりとわかる。

夜空に、星が一つ流れた。

(そうだ。あと三日ほど、井筒へ泊って行こうか。夏の暑い盛りを一日も休まずに治療をつづけてきたのだし、それにいまは、さしあたって重い患者もいないから……)

おもんの、熟《う》れきった裸身が、ちらりと藤枝梅安の脳裡《のうり》を過《よぎ》った。

そのとき、前方の左寄りの闇の中で、人の呻《うめ》き声《ごえ》がしたようにおもった。

(はて……?)

提灯を前へ突き出すようにし、ふところから左手を抜いた梅安が、足を速めた。

すると……。

石浜神明宮《いしはましんめいぐう》・境内を西へ外れたあたりの深い木立の中から、二つの黒い影が走り出して来た。

星明りに、それと知った梅安が、

「もし……」

声をかけたが、振り向きもせず、二人は、たちまちに闇に呑《の》まれてしまったのである。

(どうも、侍のようだったが……)

何分、相手は提灯も手にしていなかったので、しかとはわからぬ。

(何か、妙な……?)

また、微《かす》かな呻き声がした。

梅安は木立の中へ踏み込んで行った。

人が倒れている。

男だ。

若い侍であった。

「もし……。どうなすった?」

こたえはない。

もう、呻き声も絶えた。

「これは、ひどい」

背中、肩と斬りつけられて、若い侍は血みどろになっている。

身につけている羽織・袴《はかま》も上等なものだし、もはや息絶えたかとおもわれる顔も人品《じんぴん》がよい。

梅安は、傷をあらためてみた。

重傷だが、まだ息は絶えていない。

若侍の小刀《しょうとう》を抜いて、梅安は脱いだ自分の羽織を引き裂《さ》き、傷の血止《ちど》めにかかった。

そこは鍼医の藤枝梅安だけに、手ぎわもよく、することが早い。

やがて、梅安は、この瀕死《ひんし》の若侍を背負い、彦次郎の家へもどって来た。

一時は、〔井筒〕へ担《かつ》ぎ込もうとおもったのだが、そうなると人目にもつくし、客商売ゆえ、迷惑をかけることにもなる。

「や……どうしなすった？」

彦次郎は、いま家を出ようとしたところであった。

「石浜神明の近くで、だれかに斬られたらしい」

「へへえ……」

「通りかかった私の足音を聞いて、斬った奴どもは逸速《いちはや》く逃げてしまったよ」

「こいつはいけねえ。もう駄目だよ、梅安さん」

「なに、そうしたものでもない。彦さん、一つ、たのまれてくれるかえ？」

「いいともね。何です？」

「私が親しくしていただいている、外科《げか》の堀本桃庵《とうあん》先生をよんで来てくれぬか」

「よしきた」

「その間に、私も手はつくしてみる」

すぐに、彦次郎は家を飛び出して行った。

外科医・堀本桃庵は、北本所《きたほんじょ》の表町《おもてちょう》に住んでいる。

もう六十をこえた老医だが、腕はしっかりしたものだ。

堀本桃庵は、すぐれた鍼医としての藤枝梅安のみを知っている。

仕掛人としての梅安など、この温厚な老医の想像もおよばぬことにちがいなかった。

二

若い侍の羽織には、丸に揚羽蝶《あげはのちょう》の定紋《じょうもん》がついている。

大小の刀の拵《こしら》えも立派なものだが、この刀を抜き合わせることもなく、曲者《くせもの》に斬り倒されたわけだ。

「これは、むずかしい」

彦次郎の迎えを受け、町駕籠《まちかご》で駆けつけて来てくれた堀本桃庵は、

「梅安先生が申しますには、内証《ないしょ》の怪我人《けがにん》だそうでございます」

と念を入れた彦次郎のすすめで、駕籠は、わざと〔井筒〕の前で乗り捨て、彦次郎の家まで駆けつけて来てくれた。

桃庵は、梅安と彦次郎に手つだわせ、てきぱきと傷口を縫合《ほうごう》しながらも、

「梅安どのの手当がよかったので、いくらか、のぞみもないではないが、まず七分《しちぶ》三分という
ところじゃな。ときに、この侍の始末をどうなさるつもりじゃ?」

「さて……」

「お上《かみ》へ届け出ねばなるまい」

「それはそうですが、堀本先生。これはどうも、徒《ただ》の物取《ものと》りではありませぬ。もっとも、懐《かい》中《ちゅう》には一文《いちもん》の金もございませんでしたが……」

「ならば、物取りであろうよ」

「いえ、あのときの様子から推《お》して看《み》て、これはどうも、騙《だま》し討ちのようにおもわれます」

「ならば、どうなさる。お上へ届けずに、この家で傷の手当をつづけるつもりかな?」

「ま、そうするよりほかに、仕方がないとおもいます」

この梅安の言葉に、彦次郎が眉を顰《ひそ》めた。

お上に届けることは、わけもないことなのだが、そこはそれ、藤枝梅安と彦次郎は、裏へまわった暗黒の世界で何人もの命を手にかけている。

この若侍の一件から尾を引いて、梅安と彦次郎へ奉行所の目が差し向けられるということは、まことに危険なことだ。

若侍の危急を救ったにはちがいないが、それで何事もすむことではない。

一応は、梅安も彦次郎も取り調べを受けなくてはなるまい。

それは、二人にとって、

「まことに厄介《やっかい》な……」

事といわねばなるまい。

「いかがでしょう、堀本先生。この件については、梅安におまかせ願えませぬか？」

「ふうむ……」

堀本桃庵は、以前にも、息子の嫁の敵討《かたきう》ちに江戸へ出て来た松永たか女が、敵の木間左近に返り討たれたとき、梅安にたのまれて傷の手当をしたことがある。

この事件については〔春雪仕掛針〕の一篇にのべておいたが、さらに〔闇の大川橋〕事件にも、堀本桃庵は梅安に関《かか》わりをもった。

そのとき、桃庵は、

「わしは、面倒に巻きこまれるのがきらいなのじゃ」

と、梅安にいったはずだ。

桃庵は、ためいきを洩《も》らし、

「どうも梅安どのは、奇妙な事件《こと》に関わり合うではないか」

「まったく……」

と、梅安も嘆息《たんそく》して、

「そうした星の、めぐり合わせなのやも知れませぬ」

「なれど、今度は……」

「いえ、先生。これを表沙汰《おもてざた》にいたしますと、かえって面倒なことになりましょう」

「そうか、な……？」

「はい」

「梅安どのがいうことに、これまで間ちがいはなかったが……」

「堀本先生には、決して御迷惑をおかけいたしませぬ」

「この人《じん》の一命が助かればよい。なれど、このまま息絶えたときはどうなさる？」

「そのときはそのときで、私にも考えがございます」

あくまでも、梅安は落ちつきはらっている。

「ふうむ……」

「どうか、先生……」

「梅安どのに、そういわれては仕方もないのう」

堀本桃庵は結局、梅安の言葉をいれてくれた。

当分の間、彦次郎を連絡《つなぎ》にして、秘密裡《ひみつり》に若侍の傷の手当をしてくれることになったのだ。

いや、当分の間といっても、

「生死の別れ目は、今日から明日にかけてじゃ」

桃庵は、そういった。

「刀の傷だけではない。倒れたとき、頭を打ったらしいのう」

「はい」

蠟《ろう》のように生色《せいしょく》を失った侍の顔は、鼻すじの通った端正《たんせい》なもので、年齢《とし》のころは二十二、三歳に見えた。

この夜。

堀本桃庵は、彦次郎の家へ泊り込み、梅安と共に若侍の看護に当った。

翌日の午後になって、

「ともかくも、いったん、帰らねばならぬ」

桃庵は徹夜の看護にも疲れを見せず、まことに矍鑠《かくしゃく》としたもので、

「ま、梅安どのがつきそっていてくれるゆえ、安心じゃ」

「何かのときは、また彦次郎なり私なりが駆けつけますゆえ、ゆるりと、おやすみ下さい」

「たのみましたぞ」

桃庵が帰った後、

「とんだことになったねえ、梅安さん」

「うむ……」

「考えてみりゃあ、妙なことだ、仕掛人のおれたちが、こうして我身の危《あぶ》ねえこともかまわず、人の命を助けようとしているのだから……」

「彦さん……」

「え……?」

「それが人間どもの世界というやつさ。いつ、どんな時代《とき》にも、人の世界は善と悪とが紙一《ひと》重《え》なのだよ」

「ちげえねえ」

「善人を救うがために、私たちは金をもらって悪党どもを殺す。仕掛人がすることは悪も悪。もっともひどい悪だ。その悪が悪を殺して善を活《い》かす。万事がそうだとはいえぬが、そうした場合もないではない。だがね、彦さん。人の世は辻褄《つじつま》が合わぬようにできているのさ」

「なるほど……」

「それを、むりやりに辻褄を合わせようとするから、むしろ面倒が起るのだよ」

「今日は、坊さんの説教を聞かされているようだ」

「ふ、ふふ……私も、どうかしている」

「さて、そろそろ飯にしましょうかね。どうやら、この侍、落ちついているようだ」

「彦さん。何を食べさせてくれる?」

「豆腐じゃあ、いけませんかえ？」

「ぜいたくはいわぬよ」

ともかく、こうして、藤枝梅安と彦次郎、それに堀本桃庵のおかげで、若い侍は危機を脱することを得た。

それまで数日の間、梅安は彦次郎の家へ泊り込み、一歩も外へ出なかった。

さて、もう大丈夫となったので、意識がもどった侍へ、梅安が、

「お前さまは、何処の何という家のお人で、名前は何といいなさる？」

問いかけてみたが、まったく反応がないのである。

若い侍は、困惑しきった表情を浮かべ、

「何も、おぼえてはいない」

と、こたえた。

当夜の事もおぼえていないのみか、自分の名も、自分の家も忘れてしまっている。

「これは頭を打った為であろうよ」

と、堀本桃庵が、

「どうも、困ったことになったのう、梅安どの」

「まったく……」

あの夜、自分が救い出したときの様子を、梅安が語ってきかせても、侍は、おぼつかなげ

に、頸《くび》を振るのみなのだ。

これには、さすがの藤枝梅安もあわてた。

三

藤枝梅安は、七日ぶりに品川台町の我家《わがや》へ帰った翌朝、けたたましいおせきの声に目ざめた。

「先生よう。いったい、どこへ雲隠《くもがく》れをしちまったのだ。困るじゃあないかよう」

近くの農家から手つだいに来ている老婆のおせきのうしろから、

「やあ、お帰りだな」

小杉十五郎《こすぎじゅうごろう》が笑顔を見せた。

十五郎は、いま、おせきの家の近くの小さな百姓家を借りている。

この百姓家は、老夫婦が死絶《しにた》えてのち、住む人もなかったのだが、梅安が世話をして十五郎を住みつかせたのだ。

十五郎は、

「私は、梅安どのの家に置いてもらいたい」

と、いい出たが、

「それは、いけませせぬよ」

いつになく、きびしく、梅安は拒絶をした。

以前は、浅草の元鳥越にあった奥山念流《おくやまねんりゆう》・牛堀《うしぼり》道場の代稽古《だいげいこ》をつとめたほどの小杉十五郎だが、道場の紛争に巻き込まれ、

「やむを得ず……」

大身旗本《たいしんはたもと》の子弟を何人か斬って殪《たお》した。

これは、徒事《ただごと》にはすまぬ。

そこで梅安は、大坂の白子屋菊右衛門《しろこやきくえもん》の許《もと》へ十五郎を逃がした。

菊右衛門は、大坂の道頓堀《どうとんぼり》・相生橋《あいおいばし》北詰で、白子屋という大きな料理茶屋を経営している老人だが、裏へまわると諸方の盛り場を牛耳《ぎゆうじ》っている香具師《やし》の元締《もとじめ》なのだ。

したがって、大坂の暗黒の世界における勢力には、はかり知れぬものがある。

ずっと以前に、藤枝梅安は白子屋菊右衛門の依頼で、何件かの仕掛けをこなしていたが、それだけに白子屋を信頼しており、小杉十五郎の身柄をあずけた。

ところが……その白子屋にたのまれた仕掛けを決行するため、この夏、小杉十五郎が江戸へあらわれたときには、梅安はおどろきもし、舌打ちをしたものだ。

いったん、仕掛人としての足を踏み出したが最後、容易に元へもどれるものではない。

梅安は、小杉十五郎に、

「足を洗わせる……」

ことについて、白子屋菊右衛門の了解を得るため、

(どうしても、大坂へ行かなくては……)

そうおもいながらも、鍼医者としての明け暮れに追われてしまい、いまだに江戸を発《た》つことができないでいる。

そこで、白子屋へは手紙を送っておいたが、その返事は、いまもって来ない。

白子屋菊右衛門の仕掛けを引き受けたとなれば、

「金で殺人を請負《うけお》う……」

その白子屋の秘密を、小杉十五郎は知ってしまったことになる。

その十五郎が、いまここで、足を洗いたいといっても、白子屋はなまなかのことでは承知をすまい。

こうした場合、自分の秘密を握ってしまった小杉十五郎を、別の仕掛人の手で暗殺することも、

「ないとはいえぬ」

のである。

しかし、ほかならぬ藤枝梅安のたのみゆえ、のぞみはないともいいきれぬ。

(元締は、何とか、わかってくれるだろう)

と、梅安はおもっていたが、手紙を出してから数ヵ月になるのに、白子屋の返事がないのは気がかりであった。

近いうちに梅安は、何としても大坂へおもむくつもりでいた。

その矢先に、襲われた若い侍を助けてしまい、しかも生き返った侍の記憶が、まったく失われているという面倒なことになった。

「今日あたり、私が彦さんの家へ行き、梅安どのの行方を尋ねようとおもっていた」

小杉十五郎は、さして心配をしていなかったらしいが、おせき婆が、

「こんなことじゃあ、先生の手にかかっている病人どもが、毎日毎日、うるさくやって来て、とてもたまりませんよう」

しきりに責《せ》っ付《つ》くものだから、十五郎は取りあえず、彦次郎のところへ行ってみるつもりになった。

朝餉《あさげ》の仕度を終えて、

「また、日暮れ前に来ますからね。よござんすか、先生。今日は何処《どこ》へも出ちゃあいけないよ」

おせき婆が帰った後で、梅安は十五郎と共に朝餉の膳に向った。

葱《ねぎ》をきざみ入れた炒《い》り卵《たまご》に焼海苔《やきのり》。それに、これは梅安好みの実《み》なしの味噌汁という朝餉である。

「実はね、小杉さん……」

梅安が、朝餉をとりながら、これまでの事を語り終えるや、

「なるほど。それは面倒なことになった」

「小杉さんは、どうおもいなさる？」

「申すまでもなく、物取りの仕わざではあるまい」

「そうかといって、いまから、お上《かみ》へ届け出るわけにもまいらぬし……」

「なれど梅安どの。いましばらく傷養生をしていれば、忘れていることもおもい出すのではあるまいか」

「さて、ねえ……」

「それまでの間、私が、その侍の身柄をあずかってもよい。私のところなら安心だとおもうが……」

「そうして下さるか？」

「よいとも」

彦次郎にしろ、梅安にしろ、

「厄介者は、蟻一匹《ありいっぴき》も背負《しょ》いこんではならぬ……」

という仕掛人なのだ。

だからこそ、藤枝梅安は、井筒のおもんにすら、この品川台町の住居《すまい》を、くわしくは教え

ていない。

「やあ、梅安先生が帰って来なすった」

庭先から顔をのぞかせた近辺の患者のひとりが、よろこびの声をあげ、

「待っていましたよ、待っていましたよ。腰が痛くて、どうにも眠れないんでございます」

「よし。中に入って待っていなさい」

「ありがとうございます。ああ、よかった、よかった」

小杉十五郎が、

「梅安どの。これより彦さんのところへ行き、様子を見てまいろう」

「だが小杉さん。この江戸には、お前さんをつけ狙《ねら》っている連中が、いくらもいるのだから
……」

「なに、大丈夫」

「気をつけて下さいよ」

「はい。もしやすると彦さんのところへ泊るやも知れぬゆえ、梅安どの、そのおつもりで
……」

梅安が、うるさくいうものだから、十五郎は自分の住居から程近い梅安の家へ来るときにも、かならず編笠《あみがさ》で顔を隠している。

十五郎が出て行った後で、藤枝梅安は治療の仕度にかかった。

さあ、それからが大仕事で、日が暮れるまでに、梅安は時間《とき》が経つのを忘れた。

「先生が帰って来なすった」

「それ行け」

というので、つぎからつぎへと患者が押しかけて来る。

症状《しょうじょう》が軽い患者は、翌日にまわしたけれども、日が暮れるまで、梅安は昼餉《ひるげ》もとらなかった。

すべてが終って、

「ああ……」

梅安は、ぐったりと巨体を横たえた。

鍼《はり》の治療には精根《せいこん》をこめるだけに、梅安の躰《からだ》に、べっとりと脂汗《あぶらあせ》がにじんでいる。

おせき婆が夕餉と入浴の仕度をし、何か大声でいいながら引きあげて行ったのも気づかぬほどであった。

(やれやれ、因果《いんが》な仕事をおぼえたものだ)

苦笑を洩らし、梅安は疲れ切った躰を起した。

(小杉さんは、どうしたろう？)

おそらく、帰りには立ち寄るにちがいない。

それまでに、湯に浸《つか》って汗をながし、酒の仕度をしておこうと、梅安が立ちあがったとき、庭の濃い夕闇の中で、落葉が微《かす》かな音をたてた。

汗が乾いた肌に冷気がしみこんできて、

（もう、すぐに冬だな……）

梅安は庭に面した居間の縁側へ出て行き、雨戸を閉めようとして、

（や……？）

無意識のうちに障子の蔭へ身を引いた。

庭の向うの木立の中から、黒い人影が、こちらへ音もなく近寄って来るのに気づいたからである。

四

縁先へ近寄って来たのは、七十に近い年齢《とし》に見える百姓姿の老爺《おやじ》であった。

木綿の着物の裾《すそ》を端折《はしょ》り、野菜がたっぷりと入った籠《かご》を背負っている。

藤枝梅安は、微笑を浮かべて障子の蔭からあらわれ、

「亀右衛門《かめえもん》さん。玄関からおいでなされればよいに」

「あっ……」

老爺がびっくりして、

「こりゃあ、どうも。此処《ここ》の戸が開いていて、灯《あか》りが見えたので、ついつい庭から入ってしまいましたよ」

「ま、おあがりなさい」

「かまいませんかえ？」

「ほかに、だれもいません。さ、おあがりを……」

「では、ごめんを……」

手ぬぐいで足をぬぐい、背中から下ろした野菜の籠を縁側へ置き、

「相変らず、つまらねえものだが、婆さんとわしの手づくりだ。口にして下さいまし」

「何よりのものです。どうも、ありがとう」

老爺は、数年まえまで、目黒から渋谷、麻布にかけてを縄張《なわば》りにしていた香具師の元締で、萱野《かやの》の亀右衛門という。

いまの亀右衛門は、目黒の碑文谷《ひもんや》へ引っ込み、古女房おさいと二人きりで隠居暮しをしている。

以前の縄張りは、かつての自分の片腕だった中川《なかがわ》の藤五郎《とうごろう》へゆずりわたし、暗黒の世界から手を切った。

梅安は、亀右衛門が香具師の元締だったとき、一度だけ、仕掛けをたのまれたことがある。

それに、これは亀右衛門が隠居してのちの、二年ほど前のことであったが、

「義理があって、どうしても断わりきれないので、たのみに来ました」

久しぶりで梅安を訪ねて来た亀右衛門が、駒込から板橋へかけて縄張りをもっている大井《おおい》の駒造《こまぞう》という元締に会ってやってくれと、梅安にたのんだ。

ただ、会ってくれれば、自分の義理がすむ。

大井の駒造からの仕掛けのはなしが、

「気に入らなかったら、遠慮なく、断わって下すって結構なので」

と、亀右衛門がいったので、ともかくも梅安は駒造に会った。やはり、仕掛けの依頼であった。

ところが、この大井の駒造という元締の悪業《あくぎょう》を知った梅安は、彦次郎の吹矢《ふきや》でもってあの世へ送ってしまった。

そのことを梅安は、亀右衛門に告げていなかったけれども、

「どうもね、梅安さん。二年前には、とんだおたのみをしてしまって……」

居間へあがり、亀右衛門が小さな白髪頭《しらがあたま》を垂れたところを見ると、うすうすは勘《かん》づいているのやも知れぬ。

梅安は、

「なあに……」

と、いったまでである。

「ところで梅安さん。今夜、恥を忍んで来たのは……」

いいかける亀右衛門を手で制した梅安が、

「元締……いや、亀右衛門さん。仕掛けのはなしなら、ごめんをこうむりたい」

はっきりといった。

六尺に近い巨体の藤枝梅安の前で、うなだれている亀右衛門は、まったく無力に見える。大きく張り出した額の下で、いつもは開いているのか閉じているのかわからぬような梅安の両眼が、凝《じっ》と亀右衛門を見《み》据《す》えて、

「亀右衛門さん、あなたも、せっかくに足を洗いなすったのだ。薄暗《うすぐら》い連中《れんじゅう》の息も通わぬ碑文谷のしずかな村で、おかみさんと二人きりで、たのしみに畑仕事をしながら、のんびりとお暮しなさる明け暮れを、もっと大事にしたらどうなのだ」

亀右衛門が、ちらりと梅安を見あげた。

その、皺《しわ》に埋もれた両眼に一瞬であったが、往年《おうねん》の顔役だったころの鋭い光りが浮きあがった。

だが、亀右衛門は、梅安の眼光に威《い》圧《あっ》され、たちまちにうなだれてしまい、

「どうしても、いけませんかえ？」

蚊の鳴くような声でいった。

「はい。いまは、仕掛けどころではない。奇妙なはなしだが、鍼の治療で人の病気を癒《なお》すために、ゆっくり煙草を吸う暇《ひま》もないのですよ」

うなずいたが、おもいきれぬらしく、怨《うら》めしげに梅安を見やった亀右衛門が、

「今度は、二年前のときとはちがうのですがね」

「何……？」

「あのときは、ただ、大井の駒造に会ってやっておくんなさるだけでいいと申しました」

「さよう」

「今度は……今度はな、この亀右衛門が責任《せめ》を負《お》っての仕掛けなので……」

いいながら、亀右衛門が、ふところから重そうな金包みを引き出し、梅安の前へ置いて包みをひらいた。

「半金で、百五十両ございます」

梅安の眼の色が、わずかにうごいた。

金に、目がくらんだのではない。

半金百五十両なら、仕掛けが成功したのち、残りの半金をふくめ、仕掛料が三百両という莫大なものになる。

藤枝梅安ほどの仕掛人でも、百五十両の仕掛料が最高のものといってよい。

彦次郎ならば、七十両で引き受けることもある。

三百両といえば、庶民一家の生活が三十年は保《も》つほどの大金であった。

「そのほかに、これは、わしの御礼として、金五十両を……」

「いや、亀右衛門さん。たとえ千両箱を積まれても、いまの私は仕掛けをする気にはなれぬ」

まして、相手が萱野の亀右衛門とあれば、尚更《なおさら》のことだ。

梅安は、以前から亀右衛門の人柄を好《この》もしくおもっている。

香具師の元締というものは、それぞれの縄張り内の盛り場に出る物売りから見世物興行、さらには娼家などにいたるまで、一手に利権をつかみ、その縄張り争いも熾烈《しれつ》をきわめているそうな。

年を老《と》るにしたがい、金と欲とが捨てきれなくなる元締が多い中で、老いた女房と二人きりで目黒の村へ引きこもったというだけでも、およそ萱野の亀右衛門の人柄が知れよう。

それなのに、まだ、むかしの亀右衛門に義理を押しつけてくる者がいるらしい。

それを、ことわりきれぬところに、亀右衛門の過去が、まだ、つきまとっているのだ。

梅安が、

「なんとしても、いまのうちに……」

小杉十五郎に仕掛けの世界から足を洗わせようと急《せ》いているのも、そうした過去を十五郎に背負わせたくないからである。

「今度の仕掛けだけは、梅安さんでなくてはできねえことなので……」

亀右衛門は、必死の形相《ぎょうそう》になっていた。

三百両もの仕掛料が出るのだから、これは相当にむずかしく、大きな仕掛りであることはいうをまたない。

だが、ついに、藤枝梅安は承知をしなかった。

「どうしても？」

「さよう」

「引き受けては下さいませんかえ？」

「引き受けられぬ」

亀右衛門の肩が、がっくりと落ちた。

そして、長い沈黙の後に、

「仕方がねえ」

つぶやくようにいい、あらためて梅安を見あげ、

「こりゃあ、どうも、お疲れのところを、とんだお邪魔《じゃま》をしてしめえました」

しずかに金を包み、ふところへ入れた。

その動作が、妙に落ちつきはらっている。

（もう、だめだ）

と、あきらめがついた後の亀右衛門の面《おもて》には、一種の決意のようなものがあらわれているのを、梅安は見逃《みのが》さなかった。

「ごめん下さいまし」

萱野の亀右衛門は、空《から》にした籠を肩へ担ぎ、庭へ下りて行った。

庭は、すでに夜の闇に覆《おお》われている。

無言で頭を下げ、その闇の中へ提灯《ちょうちん》もなしに消え去ろうとする亀右衛門の、曲がった細い背中を睨《にら》むがごとく見まもっていた藤枝梅安が、突然、声をかけた。

「亀右衛門さん……」

「え……?」

足をとめた亀右衛門へ、梅安が、

「自害《じがい》をするつもりだね、亀右衛門さん……」

亀右衛門は、こたえぬ。

「となれば、年を老《と》ったおかみさんも道連《みちづ》れになさる気か?」

亀右衛門は依然《いぜん》、無言のままで、また歩み出した。

「お待ちなさい」

縁側へ出て来た梅安が、こういった。

「ともかくも、はなしだけは聞かせてもらいましょうよ」

五

このときの、藤枝梅安の直感に狂いはなかった。

萱野の亀右衛門は、梅安の拒絶を受けて絶望し、古女房と共に自殺をする決意をかためたのだ。

それはつまり、この仕掛けは、梅安以外の者には、

(とても、つとまらぬ)

と、おもいきわめていたからにちがいない。

いまは隠居の身とはいえ、亀右衛門ほどの者なら、まだ他に、仕掛けをたのむ男がなかったわけではあるまい。

いずれにせよ、この仕掛けの依頼を引き受けられなくなったからには、

(死ぬよりほかに道はない)

と、決意をした亀右衛門は、何者か知らぬが、その依頼主《いらいぬし》へ対して、なみなみならぬ義理なり恩義なりがあるのではなかろうか。

ふたたび、居間へ亀右衛門を招じ入れた梅安が、

「腹の皮が背中にくっつきそうなのだ、亀右衛門さん。ちょっと、待っていて下さい」

台所へ入り、おせき婆が仕度しておいてくれた夕餉《ゆうげ》の膳を居間へ運び、長火鉢《ながひばち》で酒の燗《かん》をしながら、

「亀右衛門さんも、つき合って下さるか」

「と、とんでもない……」

「はなしは聞くが、ただし、引き受けるとは申していない。よろしいか。よろしいな？」

亀右衛門が、うなずいた。

梅安は、雨戸を閉めてから長火鉢の前へもどり、

「さ、一つ……」

亀右衛門の盃へ酌をしてやった。

「これは、どうも……」

「少し、ぬるいかも知れぬ」

今度は、亀右衛門が酌をする。

「や、どうも」

盃をあけた梅安が、

「どうも、これは……」

「どうなすった？」

「腸《はらわた》へ、しみわたるとはこのことか……」

「よほど、疲れていなさる」

「鍼医者は、気がやすまらないのでね」

「相すまねえことだ。こんな爺《じじ》いが、つまらぬことを持ち込んだりして……」

「ま、一つ」

「すみませんねえ」

「このごろは、やはり、酒をおやりなさるのか？」

「晩に二合ばかり……」

「そりゃあ何より。それほどの酒なら、まさに百薬《ひゃくやく》の長《ちょう》だ」

「生きていて、人さまに迷惑をかけていても仕方がないと、おもっているのですがねえ」

鍋の豆腐へ、

「さ、箸を入れて下さい」

「はい、はい」

「さて、亀右衛門さん。その仕掛けを、あなたにたのんだ相手の名は、仕掛けの定法《じょうほう》によって尋《き》きますまい。それで、だれを仕掛けるのです？」

「………」

「ただし、それを尋いた後で、私が引き受けるとはかぎらぬ。それでよければ、打ちあけてもらいたい」

盃を置き、歯をかみしめた萱野の亀右衛門が沈黙をした。

殺す相手の名を聞いたら、もう引き受けなくてはならぬ。これまた、仕掛人の定法といってよい。

人間《ひと》の〔殺し〕が金で取り引きされるとき、

「何処《どこ》のだれを殺してもらいたい」

と、たとえば萱野の亀右衛門へたのむ〔依頼人〕を、江戸の暗黒街の隠語《いんご》で、

「起《おこ》り」

と、いう。

この〔起り〕の依頼を受けた者を、

「蔓《つる》」

と、よぶ。

すなわち〔蔓〕が第二の依頼人となって、仕掛人に殺しをたのむわけだが、このとき〔蔓〕は〔起り〕から、或る程度は、どのような事情で、その相手を殺さねばならないかを聞いている。

それでないと、適当な仕掛人を選ぶときに困るからだ。

仕掛人の中には、殺す相手が悪人だろうが善人だろうが、その区別《くべつ》をせず、金さえもらえばいいという者もいれば、梅安や彦次郎のように、

「その相手が生きていては、世の中が迷惑をする……」

という相手でなくては、引き受けぬという仕掛人もいる。

ゆえに、藤枝梅安は、よほど信頼できる依頼人のたのみでないかぎり、絶対に引き受けない。

また、梅安と彦次郎は、いかに相手が悪い奴であっても、

「女殺しはやりたくない……」

のである。

仕掛人は、あくまでも金ずくで殺人をおこなうのだから、むしろ、くわしい事情を知らぬほうがよいともいえる。

それだけに〔蔓〕の依頼主との信頼関係を重く視《み》るのであった。

「梅安さん。殺す相手は、女なので……」

ようやく、萱野の亀右衛門が口をきった。

「女……」

「はい」

梅安は、露骨に嫌な顔をした。

「ですがねえ、梅安さん……」

「む……」

「女だが、こいつ、ほんとうの悪《わる》なのだ」

こういった亀右衛門の両眼に、嘘《うそ》も偽《いつわ》りもない怒りと憎しみの色が、ぎらぎらとあらわれてきた。

その胸の昂《たか》ぶりを押えきれなくなったかして、亀右衛門が堰《せき》を切ったような激しい声で一気に、こういった。

「下谷《したや》の御徒町《おかちまち》に屋敷がある四千石の御旗本・池田《いけだ》備前守《びぜんのかみ》様の奥方を殺《や》っておもらい申したい」

「ほう……」

なるほど、これは至難《しなん》な仕掛けだ。

三百両の仕掛料も、こうなると当然といってよい。

「亀右衛門さん。もう一度、いってもらいたい。私の耳がたしかだったかどうか……」

今度は亀右衛門が、呻くように同じ言葉を繰り返した。

うなずいた藤枝梅安が、

「私の聞き間ちがいではなかったようだ」

「梅安さん。どうです、引き受けておくんなさいますかえ?」

「さて……それほどの大身の家の奥方が、どんな悪業をはたらいているのか……」

「申しあげても、ようござんすよ」

「ま、亀右衛門さん。それは聞かぬがいい。あなたのいうことだ。間ちがいはないだろう」

「ありませんとも」

きっぱりと、亀右衛門がいいきった。

「この返事は、明後日《あさって》にしてくれませぬか。いかが？」

「え……」

「急ぎの仕掛けではないのでしょうね？」

「それは、まあ……何分にも、この仕掛けには月日もかかりましょう」

「いかにも」

「はい。それでは明後日に……」

「来て下さるか？」

「まいりますとも」

「ただし……」

「わかりましたよ、梅安さん。明後日、ことわられても仕方がありますまい」

「まことに勝手だが……」

「なあに、かまいませんとも」

一縷《いちる》の望みを得て、亀右衛門の皺の深い顔に血の色がのぼっている。

帰るときも、亀右衛門は庭づたいに去って行った。

小杉十五郎は、まだ、帰って来ない。

（彦さんのところへ泊ったらしいが、大丈夫だろうな……）

梅安は入浴することも忘れ、酒の燗をしながら、戸棚から〔武鑑《ぶかん》〕を引き出して来た。

〔武鑑〕は、諸大名や旗本の姓名・本国・知行高《ちぎょうだか》・居城などを記載した書物で、種類もいろいろあり、幕府が許可をした書肆《しょし》が発行している。

梅安が、四千石の旗本・池田備前守の項《こう》を見出すのに、さほどの暇はかからなかった。

と……。

口へもっていきかけた梅安の盃の手が、ぴたりと止まった。

梅安は、何ともいえぬ表情を浮かべ、武鑑に見入っている。

これは、偶然のことなのか……。

池田備前守照秀《てるひで》の紋所《もんどころ》が、丸に揚羽蝶だと武鑑に記されているではないか。

揚羽蝶は、梅安が助けた若い侍が身につけていた紋所と、同じものなのである。

六

その翌日の昼近くなって、小杉十五郎は、塩入土手の彦次郎の家を辞した。

若い侍の傷は快方に向かっている。

だが、その記憶は依然としてもどらぬ。

「まったくどうも、困ってしまいましたよ、小杉さん」

さすがの彦次郎も、あぐねきっている。

もっとも、彦次郎よりも、当の若侍の困惑のほうが大きいといってよい。

たしかに、自分は重傷を負っている。

しかも、他人の刃《やいば》に斬られたことは事実なのに、斬った相手を、どうしてもおもい出せない。

何故、あの木立へ連れ込まれたものか、それもわからぬ。

自分の名も年齢も、両親の身分も名も、住んでいた家も、おぼえていない。

「こ、これは、大変なことに、なってしまった……」

当人が、頭を抱えて苦悩しているのだ。

小杉十五郎も、こころみに、いろいろと質問をしてみたが、やはりむだであった。

「どうしたらよいのか……」

若侍の絶望は、他人の想像を絶するものがあったにちがいない。

「たとえば、私なり彦さんなりが、一夜明けて目ざめたとき、前夜までのことをすべて忘れ去ってしまっているとしたら、これは、おもってみただけでもひどいことだ」

「まったくねえ」

「ともかくも……」

と、十五郎は若侍に、

「決して、この家《や》から外へ出てはなりませぬぞ。よろしいか。あなたは何者かに襲われ、殺害されようとした。このことまで忘れてはならぬ」

「はい」

若侍は、素直である。

「あなたの亡骸《なきがら》を見つけたものは、このあたりに、だれもいない」

「は……」

「あなたを襲うた奴どもが、もし、後になって、このあたりの様子を探りに来たとすれば、あなたがだれかに救われ、どこかへ運ばれて行ったとおもうやも知れぬ」

若侍は、まだ、止《とど》めを刺されてはいなかった。

止めを刺そうとしたとき、藤枝梅安の足音を聞き、二人の曲者《くせもの》が、逃げ出したとも考えられる。

これだけ斬りつけたのだから、

(助かるまい)

と、おもったのやも知れぬ。

しかし、このあたりで若い侍の死体があったことを、お上へ届け出た者がないことを知れば、当然、若侍の所在を探しまわるであろう。

曲者どもは、若侍が記憶を喪失したと知っていない。

だから、生き返った若侍が彼らのことを口にすれば、危険は彼らに迫ることになる。

小杉十五郎に、いいきかされて、若侍は蒼《あお》ざめた。

「悪いようにはせぬ。そのかわり、私どもの申すことを聞きわけていただかねばならぬ。よろしいか？」

「は、はい」

「傷が癒るにしたがい、忘れていたことも、おもい出されよう。なれば落ちついて養生をなさることだ」

「か、かたじけなく……」

若侍は、梅安や彦次郎、十五郎にたよりきっている。

記憶を失なったいまは、この三人にたよるよりほかはない。

童子《こども》に返ったような眼の色になり、うったえるように十五郎と彦次郎を、ひたむきに見つめていた若侍が、

「あ……ああ……」

微かに唸《うな》り、両手に頭を抱えた。

打った頭が、重苦しく、ときには痛むらしい。

彦次郎が、

「さあ、すこし、おやすみなさい」

堀本桃庵があたえてくれた煎《せん》じ薬をのませ、臥床《ふしど》へ寝かせてやると、間もなく若侍は眠りに落ちていった。

それを見すましてから、小杉十五郎が、

「昨日、梅安どのにもはなしたのだが、此処《ここ》へ置いては危ない。私の家へ移したほうがよい。どうだろう？」

「この人の世話をするのが嫌だというのではねえけれど、たしかに、そのほうがいいとおもいますね。そうなりゃあ、私も小杉さんのところへ一緒に移って看病をしてやりましょうよ」

「うむ。では、このことを、梅安どのにつたえて来よう」

「移すのなら、早いほうがいい」

「まさに、そのとおりだ。ところで彦さん。この若者を、どうやって私の家へ移そうか……」

「それなら私にまかせておくんなさい。明日、また此処へ来て下さいますかえ」

「いいとも」

「そして明後日の明け方に、移そうじゃありませんか」

「よし、きまった」

そして十五郎は、彦次郎の家を出たのである。

（このあたりだな……）

石浜神明宮の裏手の雑木林に沿った小道を歩みつつ、小杉十五郎は、神明宮の大鳥居の前へ出た。

（そうだ。ついでに参詣《さんけい》を……）

おもいたった十五郎が、大鳥居を潜《くぐ》り、境内へ入って行った。

すがすがしく晴れわたった晩秋の昼近い時刻ゆえ、参詣の人びとも、ちらほらと境内に見える。

あたたかい日和《ひより》であった。

石浜神明宮は、俗に「橋場神明」ともいい、また「朝日神明宮」ともいわれている。

祭神は、伊勢神宮と同様に、内外両皇太神宮《うちとりょうこうたいじんぐう》をまつり、社伝《しゃでん》によると、聖武《しょうむ》天皇の御宇《ぎょう》、神亀《じんき》元年（西暦七二四年）に鎮座《ちんざ》されたというから、まことに古い。

杉木立に囲まれた参道をすすみ、境内の二ノ鳥居を潜った小杉十五郎が編笠を除《と》った。

参拝《さんぱい》をするのだから、これは当然のことだ。

参道の右手前に水神《すいじん》の祠《ほこら》があり、その背後に二本《ふたもと》の大銀杏《おおいちょう》が聳《そび》えている。

目もさめるような濃い黄色に変じた葉がはらはらと落ち、散り敷いた落葉の中から銀杏の種子（ぎんなん）を摘《つ》み取っている老婆がいた。

その前を通りすぎた十五郎は、編笠を置いて本殿の前へぬかずき、

（あの若者が本復《ほんぷく》いたしますよう……）

祈りをささげた。

そのとき、本殿の右手の茶店の中からあらわれた二人の侍のうちの一人が、こちらに横顔を見せ、両眼を閉じ、祈っている小杉十五郎を見て、

（あっ……）

口の中で叫び、あわてて連れの一人の袖《そで》を引き、杉木立の蔭へ隠れた。

「どうしたのだ？」

「叱《し》っ……」

「え……？」

「小杉だ。小杉十五郎だ」

「何……」

「あれにいる。ほれ……」

「あ……まさに……」

指差された本殿の方を見やった連れの侍が、

「な……」

二人とも、よい身なりをした三十前後の侍で、浪人ではないことはあきらかだ。
参拝を終えた小杉十五郎は、二ノ鳥居をすぎて編笠をかぶった。
二人の侍が、うなずき合い、十五郎の後を尾《つ》けはじめた。

白刃

一

それは、ちょうど、小杉十五郎が彦次郎の家を出たころであったろう。
品川台町の藤枝梅安宅へ、二人の客があった。
一は、神田明神下の宿屋・山城屋《やましろや》の主人《あるじ》伊八《いはち》である。
一は、伊八を案内して来た四十男で、これは山城屋の番頭をしている松太郎《まつたろう》だ。
この山城屋は、例の、大坂の顔役・白子屋菊右衛門の、
「息が、かかっている……」

宿屋であって、いわば白子屋菊右衛門の、江戸における〔根城《ねじろ》〕のような役目を果しているといってよい。

そうしたわけで、藤枝梅安は、山城屋伊八も松太郎も見知っている。

この夏、小杉十五郎が白子屋にたのまれた仕掛けをするため、江戸へもどって来たときも、山城屋へ滞留し、松太郎の手引きを受けたのである。

二人が訪ねて来たとき、梅安は昼前の患者たちの治療を終え、おせき婆が仕度しておいてくれた昼餉《ひるげ》の膳へ向ったところであった。

(来たな……)

と、梅安はおもった。

小杉十五郎について、大坂の白子屋へ出した梅安の手紙の返事を、山城屋伊八が、

(持って来た……)

に、ちがいない。

「結構なお住居《すまい》でございますなあ」

梅安宅へは初めて来た山城屋伊八が、いかにも優しげな細い声でいった。六十がらみの、見るからにおだやかな老人なのだが、白子屋菊右衛門の片腕などといわれているだけあって、腹の底は知れたものではない。

「ま、梅安先生。どうか、お昼を召しあがって下さいまし。私どもは、こちらで待っており

ますでございます」

「さようか。では失礼をして……」

「どうも、突然に罷《まか》り出まして、申しわけもございません」

「いや、何……」

箸《はし》をうごかしながらも梅安は、

（これはどうも、白子屋の返事は色よいものではないらしい）

直感をした。

食事をすませてから梅安は、次の間に待っていた山城屋を居間へ請《しょう》じ入れた。

松太郎は、山城屋の眴《めくばせ》にうなずき、外へ出て行った。

梅安がいれて出した茶を一口のんで、

「結構なお茶でございますなあ」

笑いかけてきた山城屋へ、

「山城屋さん。今日は、小杉十五郎さんの一件について、大坂の元締《もとじめ》から、何ぞ言いつかって来なすったか？」

梅安が、ずばりと尋《き》いた。

「はい」

「それは、どのような？」

「梅安先生。先ず、小杉十五郎さんの居所を教えていただきたいもので」

顔は笑っているが、山城屋伊八の細い両眼は笑っていない。

細くて低い声の、言葉づかいも丁寧《ていねい》なのだが、口調は冷《ひ》んやりとしたものに変ってきて、ほとんど抑揚《よくよう》が消えてしまった。

「さて、いまは何処《どこ》にいるか……」

「御冗談を。先生が御存知ないはずはございません」

「いや、それが知らぬ。小杉さんは五日に一度ほど、此処《ここ》へ姿を見せるだけだ。私が尋ねても、笑ってこたえぬ。一つ所にとどまってはいないらしい」

「ほう……」

「小杉さんも、白子屋の元締の返事を待っていなさる」

「なるほど、さようで……」

山城屋は、ゆっくりと腰の煙草入れを抜き取りつつ、

「なるほど。さようでございますか」

もう一度、いった。

梅安は、眸《ひとみ》の光りを消し、茶をのみはじめた。

空の何処かを旋回している鳶《とび》が、遠く近く鳴いている。

「それでは、くわしいことを申しあげるわけにはまいりません」

山城屋の煙管《きせる》が、煙草盆の灰吹《はいふ》きへ冴えた音をたてた。

「私には、いえぬというのかね？」

「さようでございます」

「何故《なぜ》だろう」

「さて、御不審ならば、大坂の元締へ尋《き》いてごらんなさいまし」

「私は小杉さんの……まあ、いってみれば後見人のようなものだ」

「さようでございますかね」

「大坂の元締へ、小杉さんの身柄をたのんだのも、この梅安なのだがね」

「ははあ……」

「どうも、これでは、仕方がない」

「まったくで。大坂の元締は、小杉さんへ直《じか》に伝えるようにといってよこしましたので」

「私を抜きにしてだね？」

「はい」

煙草入れを帯へ差し込みながら、山城屋伊八が、

「元締は、むりに、小杉さんへ仕掛けをたのんだのじゃあございません。これは、双方《そうほう》が納得ずくのことでございますよ」

「うむ……」

たしかに、そうだ。

そのことは、小杉十五郎からも聞いている。

江戸にいて、牛堀《うしぼり》道場の門人たちと、その親族を何人も手にかけた以上、小杉十五郎は、

「天下《てんが》のお尋ね者」

と、いってよい。

いや、そのとおりなのだ。

剣客として生きぬく行手に望みを失なった十五郎は、

（どうにでもなれ）

大坂で、白子屋のたのみの仕掛けを何件かこなし、ついで江戸での仕掛けをも引き受けたのも、

（梅安どのや彦さんに、また会える……）

と、おもったからであろう。

「梅安先生。納得ずくで、この暗い世界へ足を踏み込んだからには、もう、それまででございます。このことは先生が、だれよりもよく御承知のはずでございますがね」

かたちをあらため、両手をついた山城屋伊八が、

「小杉さんがお見えになりましたら、山城屋へお運び下さいますよう、間ちがいなく、おつたえ下さいまし。いえ、ぜひとも来ていただかなくてはなりません。それでないと、面倒な

ことになりますでございます。では、これでごめんをこうむります。とんだ、おさわがせをいたしました」

山城屋は梅安に一礼し、立ちあがって出て行きながら、まるで呟《つぶや》くように、

「小杉さんの足を洗わせようなんて、とんでもないことでございます」

こういって、しずかに、外へ出て行った。

梅安は、半眼《はんがん》となり、遠去かって行く山城屋伊八と松太郎の気配を追っている。

(白子屋は、おもいのほかに……)

手強《てごわ》いことが、はっきりわかった。

ずっと以前、藤枝梅安が上方にいて、白子屋菊右衛門の仕掛けをこなしていたころの白子屋とは、

(別人のような……)

手強さが、山城屋伊八の口ぶりから感じられたのである。

白子屋は、もっと自分を信頼していてくれたようにおもえていたし、物わかりのよい老人だったはずだ。

(人のこころが、いつまでも同じだとおもってはいけぬな。そりゃあ、白子屋と、萱野の亀右衛門とは一緒にならぬが……)

このことである。

（上方で、小杉さんは、よほど大きな仕掛けをしたのではあるまいか？）

そうも考えられる。

その秘密のひろがりが大きいため、白子屋菊右衛門は、小杉十五郎を手ばなすことに不安をおぼえているのやも知れなかった。

（さて、どうするか……？）

庭に面した縁先へ出て、藤枝梅安の顔には、いつになく緊迫の色が濃く浮きあがっている。

すぐ近くの〔雉子《きじ》の宮《みや》〕の社《やしろ》の境内の大銀杏《おおいちょう》の葉が冷めたい風に巻き込まれ、飛んで来て、居間の障子へ打ち当った。

（明日は、亀右衛門さんが私の返事を尋きに、やって来る……）

にわかに、梅安の胸の内が忙《せわ》しくなってきた。

（松太郎が、この家を見張っているやも知れぬ。もしも、そうなら、小杉さんもうっかりできぬな）

このとき、玄関へ飛び込んで来た近くに住む下駄《げた》屋の金蔵《きんぞう》が、

「梅安先生。また、胸が痛み出したのでござんすよう」

泣きわめくような声をあげた。

二

そのころ……。

石浜神明宮の境内を出た小杉十五郎は、二人の侍に後を尾《つ》けられている。

この二人の侍は、岡本弥三郎《おかもとやさぶろう》・内田半平《うちだはんぺい》といい、旧・牛堀道場の門人であった。

かつての牛堀道場は、主《あるじ》の牛堀九万之助《くまのすけ》の剣名と人格を慕ってあつまる門人が八十に近く、地味ながら、江戸の剣術界では、それと知《い》られた実力派の道場で、門人に大身旗本の子弟も多かった。

牛堀九万之助は死にのぞんで遺言状をしたため、これを自分が私淑《ししゅく》する金子孫十郎《かねこまごじゅうろう》へあずけた。

金子孫十郎信高《のぶたか》は、湯島五丁目に一刀流の大道場をかまえる名流であって、その名声はまことに高い。

ところで、妻も子もない牛堀九万之助は、自分が亡き後の道場を継ぐものは小杉十五郎をおいて、他にはないと、遺言状にしたためた。

当時の牛堀道場には、大身旗本の子弟で、相当の手練者《てだれ》が十名ほどいたし、彼らの父兄の中には幕府の要職に任じている人びともいた。その中には、道場の有力な後援者も少なくなかった。

しかし、牛堀九万之助は、一介《いっかい》の浪人剣客にすぎぬ小杉十五郎をえらび、

「たとえ、いったんは道場が衰微《すいび》いたしましょうとも、十五郎は、かならず、おのれのちからをもって、私の奥山念流の剣の道を、正しく後世につたえてくれましょう」

と、遺言状にしたため、金子孫十郎へ、

「何とぞ、金子先生の御庇護《ごひご》により、小杉十五郎をもって、私亡き後の道場をおまかせ下さるよう、おとりはからいを願いあげます」

懇請《こんせい》をした上で、世を去った。

金子孫十郎が、牛堀九万之助の遺志を尊重してうごきはじめたのは当然であった。

「けしからぬ」

「小杉ごとき素浪人へ、道場をわたしてなろうものか」

と、憤激《ふんげき》したのは大身旗本の子弟たちであった。

そこで、彼らの中の三人が、小杉十五郎を暗殺せんとし、かえって十五郎に討たれた。

こうなっては、たとえ正当な理由があろうとも、討った男たちの父兄は、いずれも大身の幕臣ゆえ、

（名乗り出ても、自分の言い分は通るまい）

十五郎は、すべてをあきらめ、知り合った藤枝梅安や彦次郎の助けを借り、上方へ逃げ

た。

その十五郎に、返り討たれた門人たちの兄や家来、牛堀道場の剣士数名が追いかけ、東海道をのぼる十五郎を討たんとした。

これを梅安と共に打ち殪《たお》しつつ、小杉十五郎は大坂へ逃げることを得たのである。

このときに、小杉十五郎と藤枝梅安、それに彦次郎が手にかけた者たちの名は、つぎのごとくだ。

片桐謙之助《かたぎりけんのすけ》と、その兄の隼人《はやと》（三千石の幕臣・片桐主税助《ちからのすけ》の二男と長男）

松平宗之助《まつだいらそうのすけ》・新次郎《しんじろう》（千石の幕臣・松平伊織《いおり》の息）

尚、松平新次郎の次兄・斧太郎《おのたろう》は、彦次郎の吹矢《ふきや》によって右眼を失なってしまった。

神保弥市郎《じんぼやいちろう》（五百石の幕臣・神保亀右衛門《かめえもん》の二男）

片桐・松平両家の家来たち。

牛堀道場の門人六名。

合わせて十余名が討ち取られ、一人が右眼を失なったことになる。

藤枝梅安と彦次郎の、絶妙な仕掛けは人の目にふれなかっただけに、すべては小杉十五郎の仕業《しわざ》ということになってしまった。

十五郎の人相書《にんそうがき》は、京・大坂へも廻っているそうな。

江戸においてはむろんのことで、討たれた連中の父兄・親族たちは、それぞれに家来を上方へも探索《たんさく》にさしむけている。

幕府も、大身の家の子弟たちが、たった一人の浪人剣客に討ち取られたとあっては、

「捨ててはおけぬ」

というわけで、町奉行所の手配も諸国へ行きとどいていると看《み》てよい。

ゆえに、十五郎が、

（もはや、これまで……）

前途の希望を絶たれて、仕掛けの世界へ飛び込んだのも、うなずけぬことではないのだ。

（梅安どのが、おれに、足を洗わせようとしてくれている気持ちはうれしいが……なれど、足を洗ったところでどうなろう。真面《まとも》に生きられようはずもないではないか）

大川西岸を歩みつつ、小杉十五郎は哀しげな苦笑を洩《も》らした。

十五郎が、

（はて……？）

何やら、背後に異様な気配を感じたのは、それから間もなくのことだ。

尾行して来る二人の侍の姿を見たというのではない。

ないが、しかし、すぐれた剣客としての研《と》ぎ澄《す》まされた官能《かんのう》が、ことに江戸へもどって来

てからの十五郎には層倍のはたらきをするのも当然であったろう。

晩秋の、よく晴れた日のことで、人通りも少なくないのだが、

(尾《つ》けて来る者がいる……)

ことを、小杉十五郎は直感した。

二人の侍は、浅草・橋場へさしかかって、茶店で菅笠《すげがさ》を買い、これをかぶった。

羽織・袴をつけた彼らには似つかわしくない笠だが、ともかくも、十五郎に、

(顔を見られてはならぬ)

と、おもいついたのであろう。

だが、却《かえ》って目立つ。

服装と笠とが、ちぐはぐだからである。

岡本弥三郎と内田半平は、ともに二百石取りの幕臣の長男で、まだ家督《かとく》をしていないが妻子もいる。

小杉十五郎が、師の牛堀九万之助から特別に目をかけられていたことを妬《ねた》んでいた二人だけに、

(十五郎めの隠れ家をつきとめ、片桐家なり松平家なりへ知らせてやろう)

と、おもった。

そうなれば、両家や神保家のみか、町奉行所からも捕手《とりて》が出て、十五郎を包囲するにきま

っている。

(そうなれば十五郎め。今度こそ、逃《のが》れることはできまい)

十五郎に悟られているとも知らず、二人は尾行に熱中した。

けれども、こうしたことに、二人は慣れていない。

十五郎に気づかれていないとおもい込み、二人、肩をならべて後を尾けて来るのだから、
やがて十五郎は、二人の姿を目にとらえることができた。

(二人とも、躰《からだ》つきに見おぼえがある。はて、だれであったか?)

金龍山・浅草寺《せんそうじ》の境内へ足を踏み入れた十五郎は、参詣《さんけい》の人びとの群れの中へ割って入り、たちまちに尾行の二人を撒《ま》いてしまった。

しばらくして……。

小杉十五郎の姿を、日本橋・富沢町の蕎麦《そば》屋〔駒笹《こまざさ》〕の二階座敷に見ることができる。

この夏、江戸へもどって来てから、十五郎が見つけた店で、堺町《さかいちょう》の芝居町《しばいまち》の近くだけに、
店がまえもしゃれているし、出すものも蕎麦のほかに、気のきいた軽い料理があって、

「ここは、いい」

盃をふくみながら、十五郎は、ひとり言をいった。

(さて、これからどうするか……?)

であった。

いずれにしても、隠れ家へもどるのは夜に入ってからと、十五郎は決めた。

三

浅草寺の境内で、小杉十五郎を見失なった岡本弥三郎と内田半平は、四谷御門《よつやごもん》外の松平伊織邸へ駆けつけて行った。

「何、小杉十五郎を見かけたと……」

伊織の次男・松平斧太郎が左眼を活《かっ》と見ひらき、

「それは、まことか。見あやまったのではあるまいな」

「まさに、小杉でござった」

「見失なったのが無念でござる」

岡本と内田は、交々《こもごも》に、

「なれど、気づかれたとはおもわれませぬ」

「浅草寺境内が、今日は、ことさらに雑沓《ざっとう》しておりましたので、つい、見失なってしまいました」

「ふうむ。彼奴《きゃっ》めを、はじめに見かけたのは、石浜神明宮の境内であったと申すのだな？」

「さよう」

「旅姿であったか？」

「いえ、着ながしの姿にて……」

「ふむ。さすれば小杉は、石浜神明宮のあたりへ立ちまわることもあるというわけか……」

「さようにおもいます」

「一時も早く、御手配《おてはい》を……」

「申すまでもない」

松平斧太郎の右眼は、完全に失明してしまった。

二年前に、上方へ逃げる小杉十五郎を追って、江戸を出発する松平斧太郎に、父の伊織は、

「小杉の首をはねるまでは、江戸へもどるな!!」

と、命じた。

だが、斧太郎は、箱根から三島へ下る途中の〔はつねヶ原〕で、潜《ひそ》んでいた彦次郎の吹矢に右眼を突き刺された。

その吹矢には毒薬が塗ってあったかして、三島の宿《しゅく》の旅籠《はたご》へ担《かつ》ぎ込まれた斧太郎は激痛に苦しみ、医者の手当もむなしく、失明してしまったのだ。

先には三男の新次郎、つぎには長男の宗之助を、

「小杉十五郎めに討たれた……」

その怨《うら》みは、老いた松平伊織の胸に、いまも燃えさかっている。

ことに、千石の家督を継ぐべき次男の斧太郎が片眼になってしまったことは、松平伊織を、ひどく悲しませた。

一介の素浪人のために、わが子の斧太郎が片眼にされたということは、だれ知らぬものはないといってよい。

怒りと悲しみに堪《た》えきれず、五十八歳の松平伊織は、いま病床に就いている。

「このことは、父上のお耳へきこえてはならぬ。よいか」

と、松平斧太郎は家来たちに、いいふくめた。

父の伊織の怒りよりも、二十八歳の斧太郎の憤《ふん》怒《ぬ》のほうが、むしろ凄《すさ》まじい。

斧太郎は幼少のころから無外流《むがいりゅう》を修め、相当の腕前である。

だから、あのときも、

(小杉十五郎へ正面から立ち向ったなら、決して負《ひ》けはとらなかったものを……)

と、おもっている。

自分の眼を吹矢で潰《つぶ》した相手は、小杉十五郎ではあるまい。

(なれど、小杉の一味の者……)

に、間ちがいはない。

「よし。これより片桐家へまいる。おぬしたちも同行してくれ」

松平斧太郎は、岡本と内田をともない、木挽町《こびきちょう》の片桐主税助の屋敷へ急行した。

片桐主税助は、当年五十七歳。

幕府の書院番頭という要職をつとめてい、将軍の側近く仕えていて、なかなかの羽振《けぶ》りだし、代々裕福の家柄であった。

そこで主税助は、牛堀九万之助亡きのち、二男の謙之助に道場の跡を継がせようとして、いろいろと画策《かくさく》をめぐらしたようだ。

それも九万之助の遺言によって破れ、小杉十五郎を襲った謙之助は返り討ちにあい、あまつさえ、長男の隼人も、東海道・御油《ごゆ》の宿外《しゆくはず》れで小杉十五郎へ追いつき、猛然と斬りかかったが、十五郎の剣に殪《たお》されてしまった。

片桐主税助の悲歎《ひたん》と激怒も、松平伊織に劣らぬ。

長男と二男を失なったので、主税助は三男の数馬《かずま》を跡取《あとと》りに決め、将軍家へ御目見得《おめみえ》もすませてあった。

数馬は、二十一歳になる。

数馬は、ほかならぬ金子孫十郎の道場へ通っているけれども、いうまでもなく剣士として身を立てるためではない。

武士の心得として、金子孫十郎の薫陶《くんとう》を受けさせているということだ。

させて……。

片桐屋敷へ駆けつけた三人を、ちょうど非番で在邸していた主税助は書院へ通した。

「実は……」

と、三人が語るうち、片桐主税助の面上《めんじょう》には、見る見る昂奮《こうふん》の血がのぼってきて、

「さようか。よろしい。こたびは何としても逃《のが》してはならぬ」

いいはなってから、しばらく沈黙していたが、

「相なるべくは、このことを数馬の耳へ入れたくはない。これを、おふくみ願いたい」

沈痛な口調になった。

むりもない。

たった一人、残された三男の数馬に、

(血なまぐさいまねをさせたくない)

のである。

いや、それよりも、小杉十五郎の剣に数馬が討ち殪《たお》されることを、主税助は恐れている。

費用と人数は、

「いかようにも差し出そう」

しかし、数馬だけは、そっと邸内に残しておきたい。

「心得ております」

松平斧太郎も他人事《ひとごと》とはおもえぬ。

剣術をまなんでいるとはいえ、片桐数馬は、どちらかというと温和な性格だし、これが小杉十五郎へ立ち向ったところで、

(どうにも、なるものではない……)

のである。

かえって、

(足手まといに……)

なりかねない。

「町奉行所へは、それがしが、しかるべく手をまわしておこう」

と、片桐主税助がいった。

「それでは、われらはこれより、神保家へ知らせてまいります」

「よろしく、たのみ入る」

三人は、片桐邸を出て、表二番町の旗本・神保亀右衛門の屋敷へ向った。

亀右衛門の二男・神保弥市郎は、東海道の掛川《かけがわ》宿の旅籠・山田屋勘兵衛方へ泊ったとき、按摩《あんま》に化けた藤枝梅安の仕掛針《しかけばり》を延髄《えんずい》へ打ち込まれて即死している。

神保家には長男の平七郎《へいしちろう》がいて、今年の夏に、病死をした父・亀右衛門の跡を継いだ。

松平・岡本・内田の三名が片桐邸を出て間もなく、旗本・杉浦修理《すぎうらしゅり》の長男・源太郎《げんたろう》が、片桐数馬の見舞いにあらわれた。

数馬は、このところ風邪の気味で、屋敷へ引きこもっている。

杉浦源太郎と片桐数馬は、共に金子孫十郎の道場へ通っていて、年齢も同じだし、親しい間柄なのだ。

源太郎は、ただちに、数馬の部屋へ通された。

数馬は、昨日から床《とこ》ばらいをしていたが、源太郎の見舞いをよろこび、

「三日ほどしたら、道場へ出るつもりでいたのだ」

「それは何より」

「金子先生をはじめ、道場の方々に、お変りはないか？」

「それがな、数馬……」

「どうした？」

「おぬしも知っている池田正之助《まさのすけ》が行方知れずとなったそうな」

「あの、池田備前守様の二男という正之助か？」

「さよう」

「どうしたのだ？」

「うわさを耳にしただけで、くわしいことは知らぬが、もう何日も屋敷へ帰らぬそうな」

「ほう……」

二人は、池田正之助と、あまり親しい間柄ではない。

それだけに、すぐに話題が変ってしまったようだ。

日が、かたむきかけている。

そのころ小杉十五郎は、まだ〔駒笹〕の二階座敷にいた。

四

この日。

山城屋伊八は、松太郎を従えて藤枝梅安宅を出たとき、

「松や。すこし、様子を見ておくがいい」

と、ささやいた。

そこで松太郎は、雉子の宮の境内を中心にして、ぶらぶらと歩きまわりつつ、梅安宅の出入りを、それとなく見張っていたのである。

午後になってから、梅安宅へ出入りする者は鍼《はり》の治療を受ける患者ばかりであった。

日暮れ前に、おせき婆がやって来て、夕餉《ゆうげ》の仕度に取りかかったのは別としてだ。

梅安は一歩も外へ出ず、治療に専念しているらしい。

めっきりと日が短かくなってきて、たちまちに夕闇がただよいはじめた。

おせき婆が帰って行く姿を木蔭から見送った後に、

（今日は、これまでだ）

松太郎は引きあげることにした。

（見張るにしても、出直さなくてはならねえ）

本格的に見張るなら見張るで、他に二人ほどの手が要るし、それ相応の仕度もある。

現代《いま》でこそ、国電の五反田駅から北東へ四百メートルほどのところにある雉子の宮の附近は、高層のマンションがたちならび、日中は車も人もあふれるばかりなのだが、当時の品川台町といえば、江戸の郊外といってよい。

台地の上から南へ、西へと見わたせば、田地と木立と丘陵《きゅうりょう》がひろびろと展開していたのだ。

場所によっては、品川の向うの江戸湾の海も見えた。

こういう場所で、一軒の家の人の出入りを見張るのは、なかなかにむずかしい。

よほどの用事がないかぎり、他の土地の者があらわれる場所ではないのだから、当然、人目につく。

ゆえに、何人もが交替で見張り、ときには変装も必要となってくる。

ことに藤枝梅安は、品川台町では、腕の立つ鍼医として名も顔も知られている。

つまり、一種の〔名士〕といってよい。

その梅安の家を、怪しげな男たちが日夜、見張っているとなれば、土地《ところ》の者たちがだまってはいまい。

いうまでもなく、梅安の耳へも入ってしまう。

（ここの見張りは厄介《やっかい》だ）

松太郎は、あらためて山城屋伊八の指図を仰ぐつもりであった。

ところで……。

もしも松太郎が、あと二刻（四時間）ほど、梅安宅を見張っていたなら、外へ出て来た藤枝梅安の姿をみとめたろうし、その後で、そっと梅安宅へ入って行った小杉十五郎を見たにちがいない。

梅安が外へ出て、夜の雉子の宮の境内に佇《たたず》んだり、家のまわりを歩いたりしたのは、

（もしや、見張りが……）

と、おもったからだし、また一つには、帰りが遅い小杉十五郎の身を案じて、居たたまれなくなってきたからでもあろうか。

（やはり、彦さんのところへ泊ったのだろうか……？）

ともかくも明日の朝早く、

（彦さんのところへ出かけてみよう）

おもった途端《とたん》に、

（そうだ。明日は萱野の亀右衛門さんが、私の返事を聞きに来る。これは困った）

おせき婆に、留守居をたのみ、亀右衛門へ手紙をわたしてもらってもよい。

いずれにせよ、亀右衛門への返事は、

(二、三日、待ってもらわねばなるまい)

梅安は肚《はら》を決めて、亀右衛門にあてて手紙を書くつもりで硯箱《すずりばこ》を引き寄せ、墨を摩《す》りはじめた。

そのとき、小杉十五郎がもどってきた。

十五郎は、夜に訪ねて来るとき、かならず裏口から、ひそやかに声をかけるのがならわしであった。

夜に入れば、表も裏も、梅安は戸締りをしてしまう。

これは、仕掛人としての心得といってよい。

いつ、なんどき、どのような危険が襲いかかって来るやも知れぬ。

数年前に、刺客たちが梅安の留守に、この家へ入り込み、帰って来た梅安へ襲いかかったこともある。

「梅安どの……梅安どの、わしだ。十五郎だ」

その声を聞いて、梅安は台所へ走り出て行き、戸締りを外した。

「遅くなって、すまぬ」

十五郎が、しずかに入って来たのへ、

「小杉さん。だいぶ、のんできましたな」

「さよう」

夜に入ってから十五郎は、富沢町の〔駒笹〕を出て、借りた提灯《ちょうちん》をたよりに帰って来たのだが、まだ、その躰からは酒気が消えていない。

「さ、おあがりなさい」

梅安も、ほっとしたようだ。

「明後日の明け方に、彦さんのところにいる侍を迎えに行くことにしておきましたよ。あそこへ置いては危い。彦さんも承知してくれたのだが、私の家へ移したほうがよいとおもう。梅安どのは、いかがおもわれる？」

「ま、それよりも……」

「どうなされた？」

「今日、山城屋伊八と松太郎が、やって来ましたよ」

「ほう……さようか……」

梅安が、すべてを語るのを、小杉十五郎は眉毛一筋うごかさずに聞き終え、

「梅安どのには、心配ばかりかけてしまい、まことに相すまぬ」

「白子屋菊右衛門は、もっと物わかりのよい人だとおもっていたのだが……」

「ともあれ、足を洗うといっても、これはもう、どうしようもないことだ」

「いや、小杉さん……」

「白子屋のほうは、私が明日にも山城屋へ出かけて行き、はなしをつけてまいる」

「ですが小杉さん。あなたが牛堀道場の門人衆を殺《あや》めて、お尋ね者になったことと、金で殺しを請負う仕掛けの世渡りとは、まったくちがうのだ」

「そうか、な……」

「同じようでいて、それはちがう。金で仕掛けをするのは、自分《おのれ》の分別でするのではない。そこが、ちがうのだ。それが証拠に小杉さん。白子屋菊右衛門は、もう、あなたに喰《くら》いついてはなれまいとしている」

「ふうむ……」

このとき十五郎は、今日、二人の侍に尾行されたことを、

(梅安どのには洩らすまい)

と、こころにきめた。

この上、梅安に迷惑をかけてはならぬ。

「ま、梅安どの。酒をひとつ……」

「まだ、のみなさるか」

「いけませぬか」

「いや、かまわぬが……」

「ゆるりと、あの若い侍のことについて打ち合わせをしたい」

「なるほど」

二つも三つもの難事が重なってきたようなおもいがする。

「小杉さん。あの侍が着ていた羽織の定紋《じょうもん》は……」

梅安がいいさすのへ、十五郎がうなずいて、

「おお、見ました。丸に揚羽蝶《あげはのちょう》でしたな。身分ある家の侍らしい」

藤枝梅安は立ちあがって、戸棚から武鑑《ぶかん》を出して来ると、四千石の旗本・池田備前守照秀の項《こう》を開け、小杉十五郎の前へおいた。

「これは？」

「その池田備前守の紋所《もんどころ》をごらんなさい」

「え……や、丸に揚羽蝶……」

「ね……」

「しかし、これが、あの侍と関《かか》わり合いがあるともいえぬが……」

「ま、それはそうなのだが、実は……」

「実は……どうなされた？」

「妙な気がしてねえ」

「妙な気？」

「あなたには、いわぬつもりだったが……実は、この池田備前守の奥方の仕掛けを、さる人からたのまれたのだ」

「何といわれる……」

「ね……」

「ふうむ……」

「何やら、匂いませぬかな」

「さよう……」

「どうです？」

「匂いますな」

「小杉さん。どうもこれは、事が込み入ってきたようだ」

「いかにも、な……」

梅安と十五郎の目と目が、ぴたりと合った。

このとき、雨戸に音が立った。

夜の時雨《しぐれ》であった。

五

　翌朝、まだ暗いうちに……。

　おせき婆があらわれる前に、小杉十五郎は梅安宅から出て行った。我家へ帰ったのではない。

　ふたたび、彦次郎の家へ引き返したのだ。

　梅安宅へやって来たおせきが、

「小杉の旦那は、昨夜も帰っていませんでしたよ」

と、梅安に告げた。

　出がけに、自分の家の近くの、十五郎が住んでいる百姓家を見て来たらしい。

「そうか、帰らなかったか」

「まだ若いから仕方もねえけどね」

「婆さん。今日は、いそがしくなる。今夜から、二、三日、留守になるからよろしくたのむよ」

「あれ、また隠し女のところへお出かけかね」

「そんなものはおらぬ」

「どうですかねえ。梅安先生も、まだ男ざかりだからよう。ひ、ひひ……」

小杉十五郎は例によって、編笠に顔を隠し、梅安宅を出て行ったわけだが、これが彦次郎の家へあらわれ、笠を除《と》ったときには、

「あ……」

彦次郎が瞠目《どうもく》した。

十五郎の頭が、青々《あおあお》と剃《そ》りあげられていたからである。

「小杉さん。そ、その頭は……？」

「昨夜おそく、梅安どのに剃ってもらったのだ」

「へえ……」

「どうだ。似合うかな。梅安どのは、私の坊主振りがなかなかよいとほめてくれた」

「ですが、どうして……？」

「すまぬが彦さん。托鉢坊主《たくはつぼうず》の笠や衣裳、道具などをそろえてもらえようか？」

「わけもねえことですが、いったい、また……？」

「私の身も、どうやら危なくなってきたようだ」

十五郎は、白子屋菊右衛門の一件と、自分を尾行して来た二人の侍について語り、

「これからは坊主に化けるが、いちばんよいと、梅安どのが申されてな」

「なるほど」

当時は、僧侶へ対する人びとの気持ちが現代とはまったくちがう。

寺社への尊崇《そんすう》の念も、また、くらべものにならなかった。

たとえ托鉢をして歩く坊主であろうとも、僧侶であるからには、特権階級の武士といえども、

「一目《いちもく》を置く……」

ことになる。

仏門に帰依《きえ》し、ひたすら御仏《みほとけ》につかえて自己の修行につとめる僧侶なればこそ、世の中の信頼も厚い。

なればこそ、僧侶の姿をしていれば、

「怪しまれることもあるまい」

と、梅安はいったのだ。

十五郎も、

「いかにも、それは名案だ。さ、梅安どの。すぐに頭を剃って下さい」

たちどころに、これを受けいれ、二人して入浴しながら、さっぱりと髪を切り、頭を剃りあげてもらった。

「何やら、別の人になった気がする……」

桶《おけ》の水に映った自分の顔を、しげしげとながめている十五郎に、梅安が、

「ときに小杉さん。経文《きょうもん》を御存知ですかな？」

「いささかは存じている」

「ほう、それは感心」

ところで、この日の藤枝梅安は多忙をきわめた。

いまのところ、重病の患者がいないのはさいわいであったが、三日ほど留守にするとなれば、それ相応の手当をしておかねばならぬ。

そして、日暮れ前の、まだ空が明るいうちに、梅安は身仕度をととのえ、家を出て行った。

このときまでに、萱野の亀右衛門が姿を見せたなら、

「返事を三日ほど、延ばしてもらいたい」

自分の口から言い出るつもりであったが、亀右衛門が見えぬうちに家を出たので、おせき婆へ手紙をわたし、

「かならず、亀右衛門さんという年寄りがやって来るから、この手紙をわたしてもらいたい」

と、たのんだ。

萱野の亀右衛門は、梅安が出て行ってから一刻（二時間）ほど後にあらわれ、おせきから手紙を受け取り、その場で読み終え、

「よう、わかりました」

おせきへ、何と一分《いちぶ》も〔こころづけ〕をわたして、帰って行ったそうな。

家を出た藤枝梅安は、

(もしやして……?)

白子屋一味の見張りや尾行のことも考えて、充分に注意をし、何度も町駕籠《まちかご》を乗り継ぎ、彦次郎の家へあらわれたとき、すでに夜は更《ふ》けている。

小杉十五郎は、僧衣を身につけて梅安を迎え、

「われながら、まんざらでもないような気分になってまいった」

苦笑を浮かべて見せた。

「よう、お似合いだ」

梅安は、心底から、そういって、十五郎を見まもった。

奥山念流の剣をまなび、その奥義《おうぎ》に達している小杉十五郎だけに、その相貌《そうぼう》、その姿勢の正しさが、僧の姿になると尚更《なおさら》に引き立って見えた。

「大したものだ。ねえ……」

彦次郎も、あらためて十五郎を打ちながめている。

それから梅安は、彦次郎が仕度をしてくれた茶漬を食べ、

「奥に寝ている、あの侍を起してもいいかね、彦さん」

「かまわねえでしょう。何しろ一日中、眠りこけているのだから……」

「傷のほうは？」

「大分に、いいようだ」

「紙と筆を出してもらいたい」

「よしきた」

奥の三畳に寝ている侍の枕頭《ちんとう》へ三人があつまり、

「もし……もし、ちょいと目をさまして下さいよ」

彦次郎が揺り起すと、

「あ……」

目を開けた若侍が、

「梅安殿か……」

なつかしげに、よびかけてきた。

「いくらか、楽になりましたか？」

「はい」

「まだ、曲者に斬られなすった以前のことは、おもい浮かびませぬか？」

「は……」

心細げに、うつむいたのも、むりはない。

「ま、急《せ》かずとも落ちつかれるがよい」

「かたじけなく……」

梅安は、半紙に何やら書きしたためたものを出し、彦次郎に抱え起された若侍の目の前へ置いた。

その紙には、

池田備前守照秀

と、したためられてある。

「これを、読んでみて下さらぬか」

「は……」

「何と書いてありますかな」

「いけだ、びぜんのかみ、てるひで」

侍は、やや閊《つか》えながらも、誤《あやま》りなく読んだ。

過去の記憶は失なわれても、文字のみは忘れていない。これがまた、ふしぎといえばふしぎであった。

三人は、顔を見合わせた。

侍は、凝《じっ》と紙面に見入っている。

「その名前に、おぼえはありませぬか?」

と、梅安。

「はあ……」

「おぼえがおありなさる?」

侍は、かぶりを振った。

「おぼえがないのですな?」

「はい」

「わかりました」

梅安は、すぐに半紙を折りたたみ、

「さ、ゆるりとおやすみなさい」

「はい」

若侍を寝かせて、三人は六畳の間へもどった。

梅安が、すぐに立ちあがり、

「彦さん。小杉さんから聞いていいような」

「たしかに……」

「私は、これから新宿《にいじゅく》へ行く。もしも、何ぞ、さしさわりがあったときは、すぐに引き返して来る」

「だが、こんな夜更けに……」

「いや、かまわぬ。ともかくも、お前さんたちは、明け六ツ前に此処を出てくれ。よいな」

「承知した」

と、小杉十五郎。

「先ず、断わられることはないとおもう」

きっぱりといい、藤枝梅安が土間へ下り、

「彦さん。提灯をたのむ」

と、いった。

六

翌朝。

ようやく、朝の光りがただよいはじめたころ、早くも彦次郎と小杉十五郎は、塩入土手下の家を出た。

いや、二人のみではない。

記憶を喪失した件《くだん》の若侍も一緒にである。

若侍は、彦次郎が用意をした大きな葛籠《つづら》の中に身を横たえていた。

その葛籠は、蒲団や荷物と共に小振《こぶり》の荷車の上へ括《くく》りつけられている。

荷車は、百姓姿の彦次郎が挽《ひ》いていた。

彦次郎は、菅笠をかぶっている。

小杉十五郎は、網代笠《あじろがさ》をかぶり、僧衣に白の手甲《てっこう》、脚絆《きゃはん》、草鞋《わらじ》ばきの托鉢姿で、およそ十メートルほどの距離をへだてて、背後からついて来る。

朝の空は、冷え冷えと曇っていた。

やがて、彦次郎の荷車は千住大橋を越え、江戸四宿《ししゅく》の一である千住《せんじゅ》の宿《しゅく》へ入った。

千住宿は、江戸より奥州・日光街道などへの第一駅であって、江戸開府以来、宿駅としての発展も早かったといわれる。

荒川に架かる千住大橋をはさんで、橋の南の、つまり江戸の方を〔小《こ》千住〕とよび、橋をわたった北の方の宿場を〔大《おお》千住〕という。

平旅籠《ひらはたご》のほかに、飯盛女（娼婦）をおいている食売旅籠も五十をこえ、むかしの洒落本《しゃれぼん》に、

「愛相よき千住女郎衆に袖ひかれ、わらじ解く解く泊る旅びと。御初尾五百文」

などと、記してある。

この食売旅籠の中で、若松屋というのが、彦次郎のなじみの店だが、その前を菅笠をかぶ

って荷車を挽く彦次郎は、知らぬ顔して通り過ぎて行く。

こうして、彦次郎と十五郎は、綾瀬《あやせ》から亀有《かめあり》を経て中川のほとりへやって来た。

中川の対岸は、新宿である。

新宿は、武蔵の国・葛飾《かつしか》郡の宿駅の一つで、江戸からの街道が下総《しもうさ》・上総《かずさ》・常陸《ひたち》の国々へも通じている。

彦次郎の家から此処まで、約二里ほどであろう。

中川の渡し舟は、明け六ツからうごき出す。

その渡し舟が、川の向う岸に見え、いましも旅人が乗り込んでいる。

彦次郎は川岸へ荷車をとめ、振り返って見た。

托鉢僧の小杉十五郎が近寄って来て、

「どうやら、無事に着いたようだな、彦さん」

「妙な奴はおりませんでしたかえ?」

「大丈夫だ。家を出るときに見つからなければ、まさかに……」

いいさして、十五郎が荷車の上の葛籠へ顎《あご》をしゃくって見せ、

「こんなところへ、運んで来るとはおもってもいまい」

「まったくで……」

このとき、渡し舟とは別の舟が、川向うの岸辺をはなれ、川を渡って来はじめた。

「おや……」

気づいた彦次郎が、

「小杉さん。乗っていますよ、梅安さんが……」

「え……おお、乗っている、乗っている」

まさに、藤枝梅安が舟の上に乗っていて、船頭に何か指図をしている。

渡し舟が対岸をはなれる前に、梅安が乗った舟は、舟着場へ着いた。

「おお、御苦労だったね」

梅安が、二人へうなずいてみせた。

荷車と三人を乗せた舟を、船頭はすぐに川へ出し、向うから来る渡し舟を避けるように川面を右へ抜けた。

舟に乗っている間は、三人とも、ほとんど口をきかなかった。

彦次郎と十五郎は、笠の内から油断なく、川の両岸を注視しているようだ。

梅安は笠もかぶらず、腰の煙草入れから小さな銀煙管を引き出し、火縄《ひなわ》の火を移し、のんびりと煙草をたのしんでいるように見えた。

この舟と船頭は、特別に、梅安が雇ったものらしかった。

対岸へあがり、また、彦次郎が荷車を挽きはじめる。

十五郎は、背後からついて来る。

梅安が荷車に沿って歩みつつ、手にした竹の杖《つえ》で葛籠を叩き、

「もし、もし。大丈夫ですかな？」

中に入っている若侍へ声をかけた。

「はい。大丈夫……」

「傷は痛みませぬか？」

「はい」

「ならば、よろしい」

すっと、荷車からはなれた梅安が、

「私について来るのだ、彦さん」

ささやいておいて、先へ歩み出した。

藁屋根《わらやね》がならぶ宿場である。

その外れに、布海苔《ふのり》問屋《どんや》の下総屋《しもうさや》六左衛門《ろくざえもん》の店があった。

梅安は細路へ切れ込み、下総屋の裏手へ出た。

そこが下総屋の居宅の入口である。

下総屋の主人《あるじ》・六左衛門が、以前から梅安の患者であることは、すでにのべておいたが、
昨夜おそく、突然に藤枝梅安があらわれ、

「深い事情《わけ》がある侍を一人、かくまってもらえまいか。決して、御迷惑がかかるような人で

はないのだが……」

たのみこむと、六左衛門は言下《げんか》に、

「なに、たとえ迷惑がかかろうともかまいませぬよ。私は、藤枝先生のおかげで、こうして生きていられるのですから、どんなことでもたのんで下され。こういうときでないと、先生に御恩返しができませぬ」

そういってくれた。

庭へ引き入れた荷車から葛籠を下ろし、これを下総屋の下男と彦次郎が、母屋《おもや》と渡り廊下でむすばれた離れ屋へ運び込み、若侍を葛籠から出した。

「いささか、眠ってしまいました」

侍は、人なつかしげな眼を小杉十五郎と彦次郎へ向けて、

「いろいろと、御面倒をおかけいたした」

両手をつき、頭を下げた。

すぐに寝床の仕度がされて、若侍は身を横たえた。

このとき、藤枝梅安は、主人の居間で下総屋六左衛門と向い合っている。

「あの、お坊さまも、此処へ残しておいてよろしいかな？」

「はい、はい。御遠慮なく」

「さよう……十日ほどもあずかっていただかねばなるまい」

「いえ、一月《ひとつき》でも三月《みつき》でも、かまいませぬ。うちの者たちは奉公人もふくめて、みな、口がかたいので御安心を」

「かたじけない」

　六左衛門は、くわしい事情などを梅安に尋ねようともしなかった。

　一刻後に、梅安と彦次郎は下総屋を出て、江戸へ向った。

「梅安さん。眠くないかえ？」

「なあに、一晩ぐらい何でもない」

「今日は、私のところへ泊りなさるか？」

「いや、井筒へ泊る。彦さんも来ておくれ」

「おもんさんが怒りますぜ」

「何を、いまさら……」

「ときに、お前さんは、やっぱり、あの侍が池田備前守様と関わり合いがあるとおもいなさる？」

「いや、そう決めてはいない。丸に揚羽蝶の紋所の武家は、他にいくらもある。ただ、何となく、つきすぎているのでね。萱野の亀右衛門さんは池田様の奥方を仕掛けてくれという。これは彦さん、大身の家の内輪《うちわ》に容易ならぬ揉め事があるからに相違ない。どうだ、そうおもわぬか？」

「そりゃ、そうにきまっている」

「なればさ、尚更《なおさら》に、同じ紋所が気になるということさ」

「よし。それでは池田備前守様の周《まわ》りを探ってみようかね？」

「彦さん。そのことだよ」

「おや……？」

灰色の空を見あげた彦次郎が、

「雪か……」

「降って来ましたぜ、梅安さん」

「すこし早いねえ、今年は……」

「なに、積もりはすまいよ。どこかから風に乗って来たのだ」

二人は、千住の宿へ入ろうとしていた。

七

藤枝梅安と彦次郎が、千住の蕎麦屋へ入り、軽く腹ごしらえをしてから塩入土手へもどって来たのは、かれこれ八ツ（午後二時）ごろであったろう。

すでに、雪は熄《や》んでいた。

ちょうど、そのころ……。

彦次郎の家の近くの道を、二人連れの侍が肩をならべて歩んでいた。

二人とも頭巾《ずきん》をかぶってい、羽織・袴のきちんとした姿で、人通りもない畑の間の道を、ひそひそと何やらささやき合いながら歩んでいる。

「やはり、妙じゃ」

「どうも、な……」

「先日から何度も足を運び、このあたりの様子を探ってみたが、侍の死体を見かけたという噂《うわ》さもない」

「もしやして、あのとき……」

「え……？」

「あのとき、だれかが駆け寄って来た。それで、おぬしとわしとは逃げた」

「ふむ……」

「あれで充分、息の根が絶えたとおもうたからだが、もしやして、あの駆けつけて来た者に助けられたのではあるまいか。やはり、そのような気がしてならぬ」

「まさかに、とはおもうが……」

「それでなければ、あの翌日、われらが探りにまいったとき、何らかの噂さが聞こえたはずではないか」

「あの、石浜神明の裏の木立の中に、もはや死体はなかった……」

「そのことじゃ。死体がないということは、取り片づけられたことになる」

「さよう」

「となれば、これを上《かみ》へ届け出ねばなるまい。さすれば、このあたりの者の耳へ入らぬはずがない」

「ふうむ……」

「どこかに、生きているのではあるまいか……？」

「だが、斬った手ごたえは充分であったぞ」

「やはり、だれかに助けられたのだ」

二人は、頭巾の中から、不安そうな眼と眼を見かわした。

「生きているとあれば、これは、大変なことになる」

「だが、御屋敷へは、いまだに何の沙汰《さた》もないではないか」

「それがおかしい」

「生きておれば、当然、自分《おの》が名と御屋敷のことを告げるであろう。さすれば……」

「それはわかっている。だから、おかしい」

「いや、死んでいる。生きているはずはない」

「や、これは……」

と、一人があたりを見まわし、

「道を誤まったらしい。さびしいところへ出て来てしまったではないか」

「うむ」

振り向いた一人が、

「あの、向うに、こんもりとして見える木立が石浜神明ではないか」

「そうらしい。引き返そう」

二人が身を返したとき、道の左側の竹藪《たけやぶ》の中から、これも頭巾に羽織・袴の侍が一人、音もなくあらわれた。

「……？」

顔を見合わせた二人の前へ近づいて来た侍が、

「山本惣六《そうろく》殿。井坂為次郎《いさかためじろう》殿でござるな？」

問いかけてきたものである。

がっしりとした体軀《たいく》の、その侍の両眼が頭巾の中から烱々《けいけい》と光り、二人を見据《みす》えている。

二人は押し黙った。

そのとき、頭巾の侍の腰が沈み、腰間《ようかん》から一筋の光芒《こうぼう》が疾《はし》り出た。

「うわ……」

一人が、下から喉笛《のどぶえ》を切りあげられて、刀の柄《つか》へ手をかける間もなく転倒した。

同時に、大兵《たいひょう》の侍は大刀の峰を返して、別の一人へ、物もいわずに躍りかかっている。

刀を振りかぶった侍が、飛びあがるようにして、峰打ちに別の一人の頸部《けいぶ》を撃った。

峰打ちだから殺されたわけではないが、これまた刀へ手をかける間もなく、のめり倒れた。

恐るべき早わざといわねばならぬ。

これを、梅安と彦次郎が目撃した。

雑木林に沿った小道を曲がりかけた途端、彼方の道で、彦次郎にいわせるなら、

「ぴかっと光った……」

のである。

瞬間、梅安と彦次郎は身を引いて地に伏せた。

「凄《すご》い手練者《てだれ》だ」

と、梅安が口の中で呟やいた。

大兵の侍が、二人の侍を打ち倒すと、竹藪の中から、これも頭巾の侍が二人、走り出て来て、峰打ちで気を失なったほうの侍を担ぎあげ、竹藪の中へ消えた。

大兵の侍は、頭巾の中からあたりを見まわしていたが、大刀を引提《ひっさ》げたまま竹藪へ入って行った。

「彦さん。あいつらの後を尾《つ》けて、行先をつきとめてくれぬか。私は、井筒で待っている」

彦次郎は、

「何故《なぜ》？」

とも聞き返さず、うなずくや、すぐに身を返して走り出した。

竹藪を向うへ抜けると、別の道が石浜神明の方へ通じていることを、彦次郎はわきまえている。

迂回《うかい》して、竹藪から出て来る曲者《くせもの》どもを待ちうけ、後を尾けようというのだ。

彦次郎を見送ってから、藤枝梅安は、あたりに目を配った。

依然《いぜん》、人の姿は見えぬ。

西の空の雲の一端が切れ、わずかに鈍い日の光りがのぞいた。

しずかに、梅安が倒れ伏している頭巾の侍へ近寄って行った。

喉からながれ出た、おびただしい血潮の中に頭巾をかぶったままの顔を伏せて、その侍は息絶えている。

また、あたりを見まわしつつ、梅安は死体のふところへ手を差し入れ、懐中物《かいちゅうもの》を抜き取った。

いうまでもなく、金が目当なのではない。

懐中物の中に、

(何か、手がかりでも……)

と、おもったからだ。

斬った侍と斬られた侍、そして誘拐された侍。

彼らは、自分が救った若い侍と、

(関わり合いがあるのではないか……？)

梅安は、直感した。

なればこそ、彦次郎に尾行をたのんだのである。

(この侍、もしやして、あの晩、若い侍を斬った二人のうちの一人なのではあるまいか？)

このことであった。

梅安は、抜き取った懐中物を自分のふところへ入れてから、ゆっくりと、竹藪の中へ踏み込んで行った。

失神した侍を担いで逃げた三人の侍たちが、この竹藪を駆け抜けて行ったことに間ちがいはない。

暗い竹藪を突き抜けて、梅安は道へ出た。

侍たちも彦次郎も見えなかった。

前方の大きな池の向うの葦《あし》の群れの間から、大川の川面《かわも》が、鼠色の布を貼りつけたように横たわっているのが見えた。

(それにしても、あの気絶した侍を、何処へ連れて行ったのか？)

池に沿った道を、梅安は石浜神明宮の傍へ出た。
ここまで来ると、ちらほらと人の姿も見える。
さて……。
彦次郎が迂回して竹藪の外の道へ走り着いたとき、そこに町駕籠《まちかご》が一つ待機していた。
竹藪を駆けぬけてきた侍たちは、担いできた侍を、その駕籠の中へ入れ、
「急げ」
すぐさま、橋場の方へ向ったのである。
彼らは、彦次郎の尾行に、まったく気づいていなかった。

あかつきの闇

一

日が暮れたとき、藤枝梅安は、浅草の橋場の料亭〔井筒〕の、いつもの離れ屋にいた。

巨体を炬燵《こたつ》に埋めた梅安の左腕は、寄り添っている座敷女中おもんの肩を抱いてい、おもんは早くも酒が躰《からだ》へまわってきたらしく、

「ねえ……ねえ、梅安先生……」

まるで小娘のような甘え声でささやきつつ、梅安の厚い耳朶《みみたぶ》へ唇《くち》を押しつけた。

「ま、急《せ》くな」

「だって、先生。もう一月《ひとつき》も……」

「治療が、いそがしかったのだよ」

「ですから、ねえ……」

「どうせ、今夜は泊るのだ」

「でも、彦次郎さんが来れば、また、お酒になるのでござんしょう。そうなれば朝まで……」

「明日も泊る」

「ほんとうに？」

「たぶん、な」

「たぶんじゃ、いやでござんす」

身を揉《も》むおもんの胸へ右手を、しずかにさし入れた梅安が、

「また、肥《こ》えたな」

「はずかしい」

おもんの、ゆたかに張った乳房には薄汗《うすあせ》が浮いている。

「ああ……そんなことをしなすっては、もう、がまんができませんよ」

おもんと梅安の仲は、いま、この〔井筒〕で知らぬものはない。

主人夫婦もみとめてくれているし、去年の秋に、梅安はおもんをつれて、相州の江ノ島へ

四日がかりで遊山に出かけたりした。

　おもんは、死別れた亭主との間に生まれた芳太郎という子を、阿部川町に住む大工の父親へあずけ、井筒ではたらいている。

梅安との仲も、かなり長いことになるし、そうした身の上の、三十をこえたおもんのことを考え、梅安は五十両ほどの金をわたそうとしたことがある。

しかし、おもんは、何としても受け取らなかった。

「そのような大金を、いちどきに、いただいてしまうと、先生が何処かへ行ってしまうような気がして……」

と、おもんはいった。

そこで梅安は、おもんと会うたびに、

「これで、子供に何か買っておあげ」

一両か二両を、わたすようにしている。

これなら、おもんは安心をして受けてくれるからだ。

金のことよりも、おもんは、

(梅安先生が、私に飽きておしまいなすったら、どうしよう……)

その一事のみが、気がかりらしい。

それゆえに、おもんは、梅安の内ぶところへ深く入り込もうとはせぬ。

梅安の家の所在についても問いかけたことはない。

これが、梅安にとっては、

(何よりのこと……)

なのである。

おもんは、梅安が鍼《はり》医者だと信じきっている。

それは、たしかにそうなのだが、もう一つの藤枝梅安の〔暗黒の姿〕を知ってはいない。

梅安が、金で殺人を請負《うけお》う仕掛人だと知ったら、おもんの驚愕《きょうがく》は非常なものであろう。

「おもん。酒をもう少し……」

「いや」

「そういわずに、たのむ」

「いや、いや……」

そこへ渡り廊下をやって来た座敷女中のおしのが、

「彦次郎さんが、お見えになりました」

襖《ふすま》の外から告げた。

「そうか。此処《ここ》へたのむ」

「はい」

おもんの胸から手を放した梅安が、

「彦さんには骨の折れる事をたのんだのだ。すぐに風呂場の仕度をしてあげておくれ」

「あい」

うらめしげに立ちあがったおもんへ、

「よし、よし」

梅安が微笑して、

「私だって、一月ぶりだからね」

おもんも笑った。

そして、梅安にうなずいて見せ、離れから出て行った。

入れかわりに、彦次郎があらわれた。

その顔を見ただけで、梅安は尾行の成功がわかった。

「うまくいったらしいねえ、彦さん」

「何とか、ね」

「ま、湯へ入って来るがいい。その間に、酒の仕度をしておく。のみながら、ゆっくりと聞こう」

「こいつは梅安さん。やっぱり、池田備前守の口だよ」

「そうか……」

「それじゃあ……」

彦次郎は、湯へ入りに行った。

彦次郎の入浴は早い。

もどって来ると、おもんが酒肴《しゅこう》を炬燵の上へならべていた。

墨烏賊《すみいか》の塩辛《しおから》や、毟《むし》った甘鯛《あまだい》の上へ熱く煮た豆腐を乗せ、焼海苔《やきのり》をもんでかけた椀盛《わんもり》などが出ている。

この〔井筒〕の板前は、かたちにとらわれず、梅安の好みそうなものを出してくれる。

「うまそうだね、梅安さん」

「さ、炬燵へお入り」

二人が酒をのみはじめると、おもんは気をきかせて出て行った。

その後も、何か運んで来るときは、かならず、渡り廊下の足音を立てるようにした。

「おもんさん、怒っているのではねえでしょうね？」

「何の……」

「この豆腐と甘鯛は結構なものだね、梅安さん。こんなものを口にしたことはねえ」

「それで、どこまで尾《つ》けて行ったのだ？」

「亀戸《かめいど》の外れまで」

「ほう……」

「途中《とちゅう》、浅茅《あさじ》ヶ原のあたりで、町駕籠《まちかご》の中へ放り込んだ侍の手足を縛り、猿轡《さるぐつわ》をかませやがった。ああしたことには慣れきっていましたよ」

「なるほど」

二

町駕籠の前後に附きそった三人の侍たちは、大川橋（吾妻橋）を東へわたって本所へ入り、中ノ郷から小梅を過ぎ、十間川《じっけんがわ》に沿った道をどこまでも東へすすみ、柳島《やなぎしま》村のあたりまで行ったそうな。

彼らが入って行ったのは、どこかの寮（別荘）というよりは、

「土塀《どべい》をめぐらした、なかなかに大きな屋敷でね。中の様子は、まだわからねえが……」

こんもりとした木立の奥に、建物があるらしいのだが、塀の外からでは、

「よく見えない」

と、彦次郎はいった。

屋敷のまわりは、雑木林や竹藪が多い。

西側の小道をへだてて、越後《えちご》・村松三万石、堀左京亮《ほりさきょうのすけ》の下屋敷（別邸）がある。

町駕籠と侍たちが、寮の門内へ消えてから、しばらくして彦次郎は寮の門前を通り過ぎ、十間川に架《か》かっている境橋《さかいばし》を北へわたり、今度は川沿いの道を、ぶらぶらと引き返して行っ

た。

　つまり、十間川をへだてて左手に、その寮を見ながら歩みはじめたことになる。

　と、そこへ、土地《ところ》の百姓らしい老爺《おやじ》が通りかかったので、彦次郎は、いくらか心づけをわたし、

「向うに見える、あの御屋敷は、どなたの御屋敷なので？」

「ありゃあ、堀様の御下屋敷だよう」

「いや、こっちのほうの……」

「あ、こっちかね。こっちのほうは何でも、御旗本の池田備前守様のもちものだというがね」

「へえ。そうですか……」

「お前さん、博奕《ばくち》をおやりなさるかい？」

「え……」

　彦次郎が顔を撫でて、

「へ、へへ……」

　笑って見せると、老爺もにやにやして、

「そうだろうとおもったよ。わしも、嫌いなほうじゃあねえ」

「そいつは、話せる」

「堀様の下屋敷へは、ときどき行くがね」

「そうですかい」

大名の下屋敷の中間《ちゅうげん》部屋が、夜になると博奕場になることは、めずらしいことではない。平常は、めったに使用をせぬし、留守居の家来たちの人数も少ないので、中間たちが博奕をするのを黙認することになる。

いうまでもなく、家来たちも甘《うま》い汁を吸っているのだ。

また、大名の下屋敷ともなれば、奉行所も、

「見て見ぬふり……」

をしている。

「堀様のところの博奕場は、あんまり悪い奴《の》がいねえしのう。このあたりの百姓たちも安心をして手なぐさみに出かけられるのだよう」

「そりゃあ、よござんすね」

「わしが、連れて行ってあげてもいい」

「そうですか。今夜というわけにはいきませんが、そのうちに一つ、案内をしてもらいましようかね」

「いいとも」

老爺は、押上《おしあげ》村に住む百姓で留八《とめはち》という。

そこで彦次郎は、留八と共に十間橋を、また南へ渡り返し、大雲寺・門前の茶店で酒をふるまった上、さらに心づけをやって、

「それじゃあ、爺《とっ》つぁん。このつぎには、たのみますよ」

留八の家を教えてもらってから、

「別れて来たというわけさ」

「そりゃあ、御苦労だった」

「今日は、こんなところでよかったかね、梅安さん」

「結構だ」

「明日は、どうしたらいいか、指図をしておくんなさい」

「そうだな……」

それから半刻（一時間）ほども打ち合わせをしたろうか。

藤枝梅安は、ふところから金五両を出して彦次郎へわたそうとした。

「そんな金《もの》は、いりませんよ」

「ま、取りあえず、この金で、明日の夜、堀様の中間部屋で遊んで来ておくれ」

「それなら、まあ……」

「もっと金が要《い》る。明日、私は、もう一度、新宿《にいじゅく》へ行って、あの侍と小杉さんの様子を見てから、品川台町へ帰り、金の仕度をしてもどって来よう」

「その間に、こっちも探れるだけは探っておきましょうよ」

「たのむよ、彦さん」

そのとき、梅安はおもい出した。

昨日、家を出るとき、おせき婆さんに、萱野の亀右衛門へあてた手紙をわたしておいた。

亀右衛門は、梅安宅へあらわれ、その手紙を読んだにちがいない。

手紙には、

「三日ほど、返事をのばしてもらいたい」

と、したためておいたから、亀右衛門は明後日に、梅安宅へあらわれることになる。

それをおもい出したので、梅安が彦次郎へ語ると、

「それじゃあ、明後日《あさって》の日暮れどきまでに、私が梅安さんのところへ行こう」

「そうしておくれか」

「わけもねえことだ」

「では、たのむ」

「それで、萱野の亀右衛門さんには、何と返事をしなさるので？」

「そのことだが……」

いいさして、梅安は盃の冷えた酒をのみ、

「まだ、決めてはいない。あの気の毒な若い侍のことをおもうと、迂闊《うかつ》には引き受けられ

ぬ」

「もしやして……」

「え？」

「その池田備前さまの奥方というのは、あの若い侍を殺《あや》めようとしているのではねえかな？」

「ふうむ……」

「もしやすると、あの侍は、池田様の……？」

「御子息……」

「そうかも知れねえ」

「そうなると、奥方にとっては、腹ちがいの子か……？」

「それで邪魔になるということではねえかしらん」

「自分が腹を痛めた子に家督《かとく》をさせたい。それで邪魔になる」

「よくあるやつさ」

「できすぎている。もっと別のことではないかな。もしも、そんなことなら、いまごろは池田様の御屋敷は大さわぎになっているはずだ。あの侍は、もう何日も行方知れずになったままなのだからね」

「ふうむ……」

「彦さん。もう少しのんで、それから飯にしよう」

「だいぶんに、腹が空いてきましたよ」

「そうだろう、そうだろう」

しばらくして、彦次郎は塩入土手の我家《わがや》へ帰って行った。

梅安は炬燵へ足を入れて身を横たえた。

昨夜は、ろくに眠っていない。

たちまちに梅安は、寝息をたてはじめた。

どれほど眠ったろう。

躰を揺さぶられて、はっと目を開けると、寝化粧《ねげしょう》をしたおもんの顔が近寄ってきた。

三

翌々日。

日暮れ近くになって、治療を終えた藤枝梅安が入浴をすませたところへ、萱野の亀右衛門が訪ねて来た。

すでに、おせき婆は帰ってしまってい、梅安の居間へ夕餉《ゆうげ》の膳が仕度してある。

「いつも、こんな時刻にお訪ねをして、申しわけもないことで」

「いや何、一向《いっこう》にかまいませぬ。ま、こっちへお入り下さい」

「それでは、ごめんを……」

「ま一つ、こんなものでもよければ、いっしょに箸を入れながら、話し合いましょう」

畳に部厚い桜材の板を置き、その上の焜炉《こんろ》に土鍋《どなべ》が懸《か》かっている。

ぶつ切りにした大根と油揚げの細切り。それに鶏《とり》の皮と脂身《あぶらみ》を、これも細切りにし、薄目《うすめ》の出汁《だし》をたっぷり張った鍋で煮ながら食べる。

これは梅安の鍼《はり》の師匠で、いまはもう、この世の人ではない津《つ》山悦堂《やまえつどう》の好物であった。

「こりゃあ、どうも……」

受け皿へ取った大根を口に入れた亀右衛門が、

「うまいものでございますねえ」

「なあに、わけもないものですよ」

「ですが、大根を、こんなにして、わしは食べたことがありませんよ」

「酒も、やって下さい」

「では、ほんの少し……」

梅安の態度に、亀右衛門は何かを直感したらしい。

入って来たときの緊迫した眼の色が、いまは和《なご》んできている。

ややあって、

「梅安さん……」

よびかけた萱野の亀右衛門が居住《いずま》いをあらため、

「それでは、引き受けておくんなさるので……」

と、いった。

「そのように見えましたか?」

「はい」

「だが、亀右衛門さん。ちょっと待って下さい」

「え……?」

「まだ、引き受けるとはいっていませんよ」

ふたたび、亀右衛門の眼色《がんしょく》が変った。

「この仕掛けはねえ、どうも、むずかしすぎる。いや、池田備前守様の奥方を仕掛けることよりも、この梅安の気が、いまひとつ乗りません」

「梅安さん……」

膝をすすめた亀右衛門が、

「それじゃあ、わしの知っていることを、みんな、ぶちまけてしまいましょうよ。それでもいけませんかえ?」

「それを耳にしたら、仕掛けを断わりきれなくなってしまう」

「いや、それも仕方がねえことだ。この仕掛けは、お前さんをおいて他にたのむ当てもねえ。もし、はなしを聞いても気が乗らなかったら、断わっておくんなすってもかまいませんぜ」

「それでは、仕掛けの定法《じょうほう》に背《そむ》くことになる」

「いえ、そんなことは、もう、どうでもようござんす。定法というなら、いまは隠居の身のわしが、仕掛けをたのむのもいけねえことなのだ。ですが、梅安さん。この仕掛けは、わしにとって欲も得もねえことだ。退《の》っ引《ぴ》きならねえ事情《わけ》あってのことなんでございますよ」

「ふうむ……」

「実は、梅安さん……」

「いや、ちょっと……」

と、藤枝梅安が盃を置いた右手をあげて亀右衛門を制した。

大きく張り出した額《ひたい》の下にくぼんでいる梅安の小さな両眼が、このとき活《かっ》と見ひらかれた。

「それでは亀右衛門さん。私のほうから、一つだけ尋《き》こう」

「え……？」

「それに、こたえて下さい。その返事しだいで、この仕掛けを引き受けましょう」

「ようござんすとも」

気負《きお》った亀右衛門の皺《しわ》だらけの顔に血がのぼり、膝へ置いた両の拳《こぶし》が微《かす》かにふるえている。

「梅安さん。何でも尋いておくんなさいまし」

うなずいた梅安が、

「この仕掛けは、池田備前守様の御子息のためにすることだね？」

「む……」

亀右衛門が瞠目《どうもく》し、

「お調べなすったのか……？」

「いや、そうではない。これは、私の勘《かん》ばたらきだ」

「さ、さようで……」

「返事は一つでよい。いや、口に出さずとも、かぶりを振るなり、うなずくなりしてくれればよい」

「そ、そのとおり……おっしゃるとおりでございますよ」

「では、やはり……」

「実は、ねえ……」

「いや、もうよろしい。たしかに、引き受けましょう」

「えっ……」

亀右衛門が、狂喜《きょうき》の態《てい》となり、

「ほ、ほんとうですかえ、梅安さん。真《まこと》の仕掛人に二言《にごん》はございませんよ。引き受けておくんなすったのでございますね」

梅安が大きく、ちから強くうなずいて見せ、だまって、亀右衛門の盃へ酌をした。

亀右衛門は、ほした盃を梅安へわたし、酌をする。

これで〔蔓《つる》〕と〔仕掛人〕の誓約《せいやく》が成ったことになる。

萱野の亀右衛門は、胴巻《どうまき》の中から、仕掛料の半金百五十両を出し、別に金五十両を添えて、

「この五十両は、わしの志《こころざし》でございます。こころよく、受けて下さいまし」

「ちょうだいして置きましょう」

梅安は、素直に頭を下げてから、

「ですが、亀右衛門さん」

「はい？」

「今度の仕掛けは、命がけだ。この梅安とて失敗《しくじ》るやも知れませぬよ。それほどに大事な仕掛けなら、このことも頭へ入れておいたほうがよろしい」

亀右衛門は、顔を伏せて、

「面倒な仕掛けだということは承知しておりますよ。すまねえことだとおもっています」

「なあに、私への斟酌《しんしゃく》は無用のことだが、失敗ったときは、亀右衛門さんにすまないことになるのでね」

「とんでもねえことでございます」

玄関を出て行くとき、萱野の亀右衛門が振り向き、見送って出た梅安へ、両手を合わせたものだ。

よほどに、おもいつめていたのであろう。

亀右衛門が帰ってから半刻ほどして、彦次郎が梅安宅へあらわれた。

「彦さん。やはり、私の勘《かん》が当ったようだ」

「亀右衛門さんが見えなすったので？」

「うむ」

「それで？」

「引き受けたよ」

四

昨夜……。

彦次郎は、押上村の老百姓・留八を訪ねた。

留八は五年前に女房を亡くし、息子夫婦や孫たちと共に、気楽な明け暮れらしい。

さそい出して、彦次郎は二分《にぶ》ほど留八へあたえ、

「好きなように使って下せえ」

「こんなに、いいのかね？」

留八は、目をみはった。

「そのかわり、堀様の御下屋敷へ連れて行って下せえ」

「いいとも。だが、あそこは、みんな小粒《こつぶ》な連中ばかりで、大きな賭《か》けは、めったにやらねえが、それでもいいかね？」

「ようござんすとも」

彦次郎は、大きな柄樽《えだる》へ上等の酒をつめさせ、堀家の下屋敷の中間部屋へ、

「お近づきのしるしでござんす」

と、わたしたものだから、

「まあ、ゆっくり遊んで行きなせえ」

中間頭《ちゅうげんがしら》の佐平次《さへいじ》というのが、すっかり彦次郎を気に入ってしまったらしい。

「それで梅安さん。今日の明け方まで、ほどほどに負けてやりながら、それとなく聞耳《ききみみ》をたてていたのだが……」

「池田屋敷から、遊びに来た者がいたかえ？」

「いや来なかったが、ちょいと聞き込んだことがあるので」

「ほう……」

池田備前守の別邸は、留守居《るすい》の家来が二人と、中間が二人、小者が二人の合わせて六人が留守居をしているそうな。

この別邸が、幕府公認の下屋敷であるかどうかは別にして、主《あるじ》の池田備前守は病身だというので、毎年、夏になると、別邸へ滞在し、休養をとるのだという。

池田屋敷にいる中間のうちの一人が、堀家の中間部屋へ小博奕《こばくち》をしに来るのだが、昨日の昼すぎに、堀家の中間が外へ出ると、池田家の中間が何処かへ使いに出て帰って来るのを見たので、

「おい。今晩、来ねえかい?」

さそいをかけると、

「だめだ」

「どうして?」

「当分、行けねえ」

「そりゃ、また、どうしたわけだ?」

「うるせえな」

むずかしい顔つきをして、その中間が屋敷の中へ消えた。

「いつもは、あんな、ぶっきらぼうな奴じゃあねえのだが……」

と、堀家の中間が、佐平次へ語っているのを、彦次郎は耳にしたのである。

「なるほど」

藤枝梅安は、銀煙管《ぎんぎせる》から、うまそうにけむりを吐いて、

「さて、どうするか……？」

「此処へ来る途中で、池田備前様の御屋敷のまわりを、少し、うろついてみましたがね」

「何か、あったかね？」

「いえ、別に何ということもない。御屋敷は、しずまり返っていましたよ」

池田備前守の本邸は、下谷の御徒町《おかちまち》にある。

その近くの小間物屋や菓子舗などで買物をしながら、彦次郎は、それとなく聞き込みをしたが、

「別だん、池田屋敷で騒ぎが起った様子もないらしい」

「そうか……」

「こりゃあ、梅安さん。池田様の中身は、かなり面倒なことになっているとおもうね」

「そうだねえ」

「昨日は、新宿へ行きなすったので？」

「ああ、行った」

「あの若い侍、どんなぐあいで?」

「変りはない。しきりに心細がっていたよ」

「むりもねえ。手前《てめえ》が、いったい、何処の何者か……そいつを忘れちまったというのではねえ」

「これは彦さん。あの侍は、池田様の跡取《あとと》りにちがいない。それを殺《あや》めて、奥方は自分の腹を痛めた子を……」

「そこまで、調べなすったので?」

「いや。先刻《さっき》の萱野の亀右衛門さんの様子で、およそわかる」

「すると、あの侍を殺そうとした二人は、奥方の手の者ということになる」

「うむ……」

「一昨日、一人が殺され、一人が駕籠《かご》で攫《さら》われて行った、あの二人の侍が、奥方の手の者だとすると、こいつはどうも妙だな」

「あの凄腕《すごうで》の侍たちは、奥方の敵ということになる」

「そう決めてもいけねえ」

「うむ。二人の侍のほうが、むしろ忠義者で、行方知れずになった若殿を探しまわっていたのやも知れぬ」

「そうなると、柳島の屋敷にいる連中は、みんな奥方の味方だ」

「さようさ」

「おもしろくなってきたね、梅安さん」

「だが、一昨日の、あの凄腕は池田様の家来ではないよ」

「おれも、そうおもう。きっと、金で雇われているにちげえねえ」

「そんなところだろう」

「梅安さん。鍋の中へ飯を入れてもいいかね？」

「雑炊《ぞうすい》か。それもいいな」

「では、さっそく、取りかかりますぜ」

「それにしても今夜の梅安家は、時化《しけ》ているな」

「なあに、寒いときは、これにかぎる」

この年も、残りわずかになってきた。

「それにしても、ねえ……」

「何だね？」

「あの若い侍を、いつまで新宿へあずけておきなさるので？」

「そのことさ」

「いっそ、池田様の御屋敷の前まで連れて行ってみたらどうかね？」

「それもある」

「そうしたら、何か、おもい出さねえかな」

「いずれにしろ、もう少し、傷が癒《い》えてからだ」

「で、奥方の仕掛けは？」

「いま、いろいろと考えているが、こいつ、むずかしい」

大身の旗本の奥方などは、めったに外出《そとで》をすることもない。

また、外へ出るときは数人の供を従え、駕籠を雇って行く。

武家方専門の駕籠屋が、町駕籠とは別にある。

四千石の旗本といえば、家来や奉公人を合わせて四十名も抱えており、二、三千坪の敷地を拝領し、主人の駕籠を許されているほどで、その屋敷へ潜入して奥方を暗殺するのは至難《しなん》の事といわねばならない。

それはさておき、萱野の亀右衛門は、今度の事件を、まだ知らぬらしい。

また、亀右衛門に池田備前守夫人暗殺の依頼をしたのは、何処《どこ》のだれなのか……。

「彦さん。明日から一つ、池田様へ出入りの商人を当ってみてくれぬか」

「わけもないことだよ、梅安さん」

「仕度の金は、たっぷりとある。いくらでも使っておくれ」

「ほれ、そろそろ煮えてきた。卵でもかけましょうかね」

「いや。このままがいいだろう」

「う、うう……それにしても寒くなったねえ」

「あとで、炬燵をいれよう」

五

これより先……というのは、この日の夕暮れどきのことだから、ちょうど、萱野の亀右衛門が藤枝梅安宅へ姿を見せたころであったろう。

神田明神下の宿屋・山城屋伊八方へ、旅姿の男二人が附き添って、一挺《いっちょう》の町駕籠が到着した。

この町駕籠は、品川宿から出たものだ。

駕籠から下り立ったのは、五十を三つ四つ越えたかとおもわれる、でっぷりとした体格の町人で、着ながしに羽織をつけ、白足袋《しろたび》をはいた足には草鞋《わらじ》もつけてはいなかったらしい。

まるで、この江戸に住んでいるかのようにおもわれる姿なのだが、実は大坂から東海道を下り、この日に江戸へ入ったばかりである。

この男、白子屋の菊右衛門であった。

配下の男二人に附き添われて、雨が降れば、そのまま旅籠《はたご》へとどまり、道中《どうちゅう》するときは、駕籠や道中馬を乗り継いで行くという贅沢《ぜいたく》な旅ゆえ、なるほど、こうした姿でもよいのであろう。

「これは元締……」

山城屋伊八が、奥から飛んで出て来た。

おもいもかけぬことだ。

「急に、おもいたって、出て来たのじゃ」

「さようでございましたか……」

「久しぶりに、江戸見物がしたくなったのや」

白子屋菊右衛門は、そういったけれど、むろん、ただの江戸見物ではあるまい。

山城屋の二階の奥の、二間つづきの座敷へ通った菊右衛門へ、

「それでは、私の出した手紙と行きちがいになりましたようで」

「梅安は、どうしても小杉十五郎さんを、わしの手へもどさぬというのかい？」

「はい」

「ふうむ……」

脂《あぶら》に光った血色のよい顔を掌《て》で撫《な》でまわしながら、

「ま、ともかくも、旅の埃《ほこり》を落してからのことにしようかい」

と、菊右衛門が唸《うな》るような声で、

「梅安は、わしとむかしなじみだというので、ちかごろは勝手ほうだいのことをいい出す」

「さようで……」

「去年から二度も、仕掛けのたのみがあるゆえ、大坂まで来てくれとたのんだのを断わった上、今度は小杉さんまで、わしの手から奪い取ろうとする。仏の顔も二度三度じゃ」

「まったく、元締のおっしゃるとおりで……」

たしかに藤枝梅安は、このところ、白子屋菊右衛門からの仕掛けの依頼を断わりつづけてきている。

(白子屋の元締なら、わかってくれよう)

という甘えが、なかったとはいえまい。

「梅安を一人前の仕掛人にしたのは、この白子屋だというてもいいのじゃ。それを忘れてからに……」

高声《たかごえ》になるわけでもなく、依然、抑揚《よくよう》のない声なのだが、ふだんは大きい両眼が針のように細く光りはじめた。

こうした眼つきになるときの白子屋菊右衛門が、

(どんなに恐ろしいか……)

それを、山城屋伊八は、よくわきまえていた。

「元締。ちょうど、よいあんばいに、今夜、関根重蔵《せきねじゅうぞう》さんが此処《ここ》へ見えることになっております」

「ほう、そうか。うまく連絡《つなぎ》はついたのか？」

「はい。ですが、肝心《かんじん》の事は今夜、関根さんへおたのみすることになっていますので……」

「では、まだ引き受けたわけではないのか。よし、わしが直《じ》かに関根さんへたのもう」

「はい。それならば、もう、関根さんは承知せぬわけにはまいりますまい」

「まあ、わしも、そうおもうが……だがのう、山城屋。ちかごろは、むかしの恩義《おんぎ》いうものを忘れるやつが多くなるばかりじゃ。困ったものや」

その関根重蔵が、山城屋へあらわれたのは、それから一刻（二時間）ほど後のことだ。

背丈が高く、筋骨《きんこつ》のたくましい、この男の姿を梅安と彦次郎が見たら、何とおもったろう。

あの日。

石浜神明宮の裏手で、一人を抜き打ちに斬って殪《たお》し、一人を峰打ちに気絶させ、梅安をして、

「凄腕《すごうで》……」

と、いわしめた頭巾《ずきん》の侍が、この関根重蔵であった。

「これは元締。あなたが江戸へ来ておられようとは……」

座敷へ入って来た関根重蔵が、

「元締には、御壮健《ごそうけん》にて何より」

「お前さんも変りない。変りない」

今日の関根は頭巾をかぶっていない。

羽織・袴を、きっちりと身につけており、髪は総髪《そうがみ》にゆいあげ、なかなかどうして立派な風采《ふうさい》である。

ただ、関根重蔵の声音《こわね》にも、白子屋同様、ほとんど抑揚が感じられない。

顴骨《けんこつ》の張った、眉《まゆ》の濃い、皺が深く刻まれた顔貌からは、彼の年齢を看《み》て取ることがむずかしい。

体格は三十前後に見えるが、顔だけ見ていると、

（四十にも、五十にも……）

見えるのである。

切長の両眼は、いつも眠っているように見える。

これも小さな眼の藤枝梅安が、平常は、ほとんど眼の光りをあらわさぬのと、一種通じるものがあるといってよいだろう。

酒肴《しゅこう》が運ばれた後、山城屋伊八は、白子屋と関根を残し、座敷から出て行った。

白子屋の傍には長火鉢があり、酒の燗《かん》を自分でやることができる。白子屋がそのようにいいつけたのだ。

「山城屋から呼び出しを受けたのだが、元締、これは、あなたの用事なのだろうな？」

盃の遣《や》り取《と》りがすむと、関根重蔵から切り出した。

白子屋菊右衛門が、うなずいて見せるのへ、

「仕掛けですかな？」

また、うなずいた白子屋が金五十両を関根の前へ置き、

「関根さん。半金じゃ」

と、いった。

「合わせて百両か……これは、大きな仕掛けですな」

この二人の会話から推《お》してみると、関根重蔵も仕掛人の一人ということになる。

だが、金百両の仕掛けを「大きい……」というからには、仕掛人としての関根は、藤枝梅安よりも一段下の格にあると看《み》てよいのではないか。しかし、彦次郎よりは一段上ということになろう。

「急ぎの仕掛けですかな？」

「今度ばかりは急ぐのや、関根さん」

「ふうむ……」

「まさか、断わろうといいなさるのではあるまいね？」

「断わるというのではないが……」

「どうなされた？」

「いま、別の事に関わり合うているので……」

「仕掛けかね？」

「と申すより、いささか、込み入った事なのだ、元締」

「なるほど。どうやら大仕事らしい」

「さよう」

「ま、それが、どのような事かは尋ねますまいよ。ともかく、こっちの仕掛けは一日ですむことや」

「一日で……？」

「さよう。手筈《てはず》はつけますによって、ひょいと出かけて行って、一太刀《ひとたち》で仕とめてもらいたい。関根さんの腕ならば、いかなあいつでもたまったものではないわい」

「だれを仕掛けるのだ？」

「いつか、お前さんにもはなしたことがある男や」

「と、いうと？」

「鍼医者の藤枝梅安じゃ」

「何……」

煌《きら》りと、関根重蔵の細い眼が光った。

「梅安め。仕掛けの掟《おきて》を踏み外したによって、懲《こ》らしめてやるのじゃ」

「では、金百両は元締のふところから出るのか？」

「さよう。なれど、梅安がこの世からいなくなれば、お前さんと同じような凄腕《すごうで》が、わしのふところへ帰って来てくれるのじゃ」

「だれだろう？」

「ま、それはどうでもよいわい。梅安を消して下され」

「ふうむ……」

それから、また一刻ほどして、関根重蔵は山城屋を辞した。

星も凍《こお》りつくような夜更けであった。

冬が来たといっても、この夜の冷え込みは強《きつ》すぎる。

関根は頭巾をかぶり、左手をふところへ入れ、武家屋敷がならぶ細道をえらび、提灯《ちょうちん》もつけぬまま微風のように歩んでいる。

そのとき……。

山本町代地の町屋の方から、一人の座頭《ざとう》が笛を吹きながら、肩をすぼめてながして歩いて来るのが見えた。

これを見るや、関根が、頭巾の中で微《かす》かに笑った。

そして、音も気配もなく、座頭に近寄って行く。

すれちがいかけて、座頭は関根の気配に気づき、

「お寒うございますなあ」

と、挨拶《あいさつ》をした。

「按摩《あんま》」

「はい」

「この刀の切れ味を試してみたい」

「へ……？」

「へ……」といった瞬間に、関根重蔵が抜き打った一刀は、座頭の喉笛《のどぶえ》を深ぶかと切り割っていた。

返り血を避《さ》けて飛び退《の》いた関根は、身をひるがえして細道を駆けぬけ、御成道《おなりみち》の大通りを突切り、上野南大門町《みなみだいもんちょう》の町すじへ姿を消してしまった。

喉笛を切り割られた座頭は、ほとんど悲鳴もあげずに転倒した。

即死である。

夜空に、星が一つ流れた。

細道から細道をえらんで駆け抜けた関根重蔵は、間もなく、池田備前守屋敷の裏門の前へ姿をあらわした。

裏門の扉《と》を叩きながら、

「おい。わしだ。関根だ」

声をかけながら、関根重蔵は、あたりへ目を配った。

裏門の傍《わき》に附いている潜門《くぐりもん》が内側から開き、関根は門内へ吸い込まれた。

六

その翌日も、藤枝梅安は鍼医者としての多忙な一日をすごした。

彦次郎は、朝のうちに何処かへ去っている。

夕暮れが近づき、すべての治療をすませた梅安は、

(これで、どうやら片がついた……)

ほっとして、煙草盆へ手を伸ばした。

当分、治療をせずともすむように、患者たちへ手当をしておいたのである。

さいわいに、重症の患者はいない。

「私は、当分、旅へ出なくてはならぬ。そのつもりでいてもらいたい」

と、患者たちへ、梅安は告げておいた。

「どちらへ、おいでなさるので？」

「京へ、な」

「そりゃあ大変だ。心細うござんす」

「お前の病気は、もう癒《なお》ったも同様だよ。躰は病んでいない。気が病んでいるだけだ」

「さようでございますかねえ」

「安心していなさい。用事がすみしだい、すぐに帰って来る」

先《ま》ず、こんなぐあいであった。

おせき婆にも、このことをつたえてある。

湯殿で汗をながし、夕餉の膳へ向ったとき、小杉十五郎が裏口から音もなく入って来た。

托鉢僧《たくはつそう》の姿《いでたち》が、ぴたりと似合って、

「こりゃあ、もう、本物だ」

梅安が目をみはって、

「ですが小杉さん。迂闊に、うごいてもらっては困る」

「それは承知しているのだが、梅安どの、あの若い侍が、少しずつ、忘れていたことを、おもい出してきたようなので……」

「そりゃ、ほんとうですか？」

「ほんとうです」

昨夜。新宿の下総屋の離れ屋で十五郎は若侍の傍で、下総屋から借り受けた明和元年刊行の〔江戸名勝志《めいしょうし》〕を見ていると、侍が目をさまし、

「何を、読んでおられますか？」

と、尋ねた。

「おお、目ざめておられたか」

「はい」

「ぐあいは、いかがだ?」

「傷処《きずしょ》の痛みが、昨日あたりから、まことに軽くなったようで……」

下総屋へ来てから、侍の食欲もすすみ、血色もよくなってきている。

「それは何より。喉が乾いてはおらぬか?」

「いささか……」

「よろしい。のませてさしあげよう」

十五郎が枕元の水差しを取って、水をのませてやると、侍は、さもうまそうに喉を鳴らした。

「あまり、のんではいけぬ」

「はい」

と、実に素直なのだ。

梅安・彦次郎・十五郎の三人へ、この若い侍はたよりきっている。

その様子を見ていると、藤枝梅安ならずとも、

(何とかして、この侍のちからになってやりたい)

と、おもわざるを得ない。

「ま、ごらんなされ」

江戸名勝志を、小杉十五郎は侍の手へわたしてやった。

何気なしに見ているうち、若侍の眼の色が、わずかに変ってきた。

この書物には、絵が入っている。

その絵を見つめながら、

「見たことがあるような……」

と、侍が呟《つぶ》やいた。

おもわず、十五郎が身を乗り出し、

「何処で、ごらんになった?」

「は……それが……」

それが、おもい出せぬらしい。

侍も、必死になり、自分の記憶をよびもどそうとしはじめた。

見る見る侍の顔に苦悶《くもん》の表情が浮かび、

「う、うう……」

呻《うめ》きながら、片手に髪の毛をつかみしめ、

「あ、ああ……」

絶望の声をあげて書物を放り出し、臥床《ふしど》へ突っ伏してしまった。

その背中を、十五郎は、しずかに摩《さす》ってやりながら、

「落ちつきなされ。これだけでも望みが出てまいったではないか」

ちからづけた。

「ま、こういうわけで……」

と、小杉十五郎が藤枝梅安に、

「曲者に襲われたとき、転倒して、頭を打ったらしいと、堀本桃庵先生が申されたとか……」

「そのとおり……」

「ゆえに、何も彼も以前の事を忘れてしまったという……」

「桃庵先生も、そのように申されていた」

「だが、すべてではない」

「文字は、おぼえているのだから……」

「さよう」

脳の仕組みは、複雑をきわめている。

若侍の場合は、その仕組みの一部が、どうにかなってしまったのであろうが、さほどの重症ではないと看《み》てよい。

江戸名勝志一巻に、どうやら、見おぼえがあるらしいからだ。

少しずつ、脳の一部の損傷《そんしょう》が、

(回復しつつあるのではないか……)

と、十五郎は看た。

「なるほど」

梅安も同感である。

「梅安どの。これは一時も早く、駕籠へでも乗せて、池田備前守の屋敷を見せたらいかがなものか?」

「実はね、小杉さん……」

梅安は、ここ数日のうちに起った事を、小杉十五郎へ語った。

十五郎は、はじめて聞いたわけだから、

「ふうむ……」

凝然《ぎょうぜん》となって、しばらく沈思《ちんし》した後に、

「こうなると梅安どの。うっかり、あの侍を池田屋敷へ返すわけにはまいらぬ」

「まだ、はっきりと、池田備前守様の御子息と決まったわけではないが……」

小杉十五郎は藤枝梅安と夕餉をすませ、酒をのみながら、いろいろと語り合い、

「まあ、今夜は泊って行きなさるがよい」

すすめる梅安に、

「夜道をもどるほうが気楽でよい」

提灯を借りて、新宿の下総屋へもどって行った。

ときに、四ツ半(午後十一時)をまわっていたろう。

それから梅安は、また、酒をのみ直し、臥床へ入った。

日中の治療で、心身が疲れきっていたし、

(明日は患者も来ない。昼ごろまで、ゆっくりと眠ろう)

と、おもううち、たちまちに梅安は、深い眠りへ落ち込んでしまった。

翌朝。

といっても、まだ、あかつきの闇がただよっているころ、藤枝梅安宅の裏手へ、二人の男が近づいて来た。

一人は、山城屋伊八。

一人は、ほかならぬ関根重蔵である。

その夜の手紙

一

関根重蔵は、例の頭巾で顔を隠していた。

ところが、梅安宅の台所の戸口まで来ると頭巾をぬぎ、ふところへ仕舞《しま》ったものである。

それだけ、重蔵には自信があるのか、それとも、藤枝梅安を、

(強敵……)

と、看《み》ているのか……。

関根重蔵の頭巾は辛《かろ》うじて両眼と鼻がのぞいているだけのもので、相手によっては、これ

を取り除いたほうが、

(闘いやすい)

ということもある。

山城屋伊八は、灰色の布で頰《ほお》かぶりをしていた。

台所の戸へ手をかけてみた伊八が、関根へかぶりを振って見せた。

戸締りが厳重《げんじゅう》だと知らせたのだ。

関根はうなずき、顎《あご》をしゃくった。

(そこを退《の》け)

と、いう意味らしい。

山城屋は、傍《わき》へ身を引いた。

関根重蔵が腰の大刀を、ゆっくりと引き抜いた。

あかつきの闇は、薄紙《うすがみ》を剝《は》ぐように、少しずつ明るみを増しつつあったが、朝の光りが行きわたるまでには、まだ間がある。

関根は刀を右脇へ抜き側《そば》めて二、三歩、後ろへ下った。

下ったかと見る間に、猛然として右肩から板戸へ体当りをくわせた。

たった一度の体当りで、板戸が外《はず》れ、内側へ倒れ込んだ。

同時に、物もいわずに関根が台所へ躍り入った。

居間に寝ていた藤枝梅安が、はっと目ざめたのは、台所の戸が打ち破られた物音によってである。

いつもの梅安なら、関根と山城屋が裏手へあらわれたとき、その鋭い勘《かん》ばたらきによって
眠りからさめていたにちがいない。

だが、今日は、あまりにも疲れすぎていたし、酒も多量にのんでいた。

また一つには、表裏の戸締りに充分の自信をもっていたからであろう。

この戸締りを外からはずすには、道具を使っても物音はするし、それ相応の時間がかかる
はずであった。

低い物音にせよ、物音が起れば、いかに熟睡《じゆくすい》をしていても梅安は目ざめたにちがいない。

たしかに物音は起った。

それは必要以上に大きく、烈《はげ》しい物音であり、山城屋伊八が、おもわず竦《すく》みあがったほど
のものだ。

それにしても、並の男の体当りでは、ただの一度で打ち破られるはずもない。

おそらく関根重蔵には、こうした経験が何度もあったのだろう。

梅安宅の間取りは、山城屋の、これまでの探索によってたしかめられてあった。

別に大きな家ではない。

台所から入れば、小廊下の右手が厠《かわや》と風呂場で、正面が三畳の小部屋。

廊下の左手の板戸を開けると、八畳の間で、ここが梅安の治療室になる。

この部屋につづいて、これも八畳の梅安の居間がある。

それだけの間取りを頭へたたき込んでおいて、関根重蔵は一気に梅安の居間へ殺到《さっとう》したのだ。

目ざめた藤枝梅安が半身を起したとき、関根は早くも怪鳥《けちょう》のごとく治療の間へ飛び込んで来ている。

梅安は枕の下を探って、素早く何かをつかんだ。

これは、畳針《たたみばり》ほどの太さと長さをもった梅安手製の打ち込み針だ。

万一のときにそなえ梅安は、これを、枕の下へ忍ばせておくことを一夜たりとも怠《おこた》らない。

ただし、例外はある。

浅草・橋場の料亭〔井筒〕の離れ屋へ泊ったときは、何の用心もしていない。

おもんを抱いて眠るときに、物騒な道具を枕の下なぞへ忍ばせておく気にはとてもなれない。

そのときに、もしも襲われたなら、

（もはや、仕方がないこと……）

と、藤枝梅安は、こころに決めている。

みであった。

境の襖《ふすま》を引き開けた関根重蔵が居間へ躍り込んで来たとき、梅安は、まだ半身を起したの
打ち込み針をつかむと同時に、関根が飛び込んで来たといってよい。

居間の中に灯はなかったが、水の底のような暁闇《ぎょうあん》の中に、一瞬、二人はたがいの顔を見た。

梅安は打ち込み針を関根へ投げつけ、立ちあがるや、身を投げるようにして障子を引き開け、庭へ面した雨戸へ体当りした。

打ち込み針は、刀を振りかぶりかけた関根重蔵の左腕へ突き立った。

一瞬、遅れたなら、藤枝梅安の脳天へ関根の必殺の一刀が打ち込まれていたろう。

「む……」

左腕へ突き立った打ち込み針を、関根は右手の大刀の柄《つか》で叩き落した。

さすがの関根も、梅安にこれだけの心得があるとはおもっていなかったらしい。

「うぬ!!」

激怒した関根は、縁側へ逃げた梅安を追った。

そして、これも一度の体当りで雨戸を外した藤枝梅安の背中へ刀を送り込んだ。

斬った。

たしかに斬ったが、浅い。

梅安は背中へ傷を受けながら、雨戸と共に庭へ転げ落ちた。

どこかで、山城屋伊八の叫び声がきこえた。

関根重蔵は、転げ落ちた梅安の頭上を飛び越え、飛び下りるや振り向きざまに大刀を振りかぶった。

梅安は、辛うじて片膝を立てたが、それが精一杯のところで、

(これまでだ……)

観念《かんねん》の眼《まなこ》を閉じた。

つぎの瞬間には、関根の一刀が、自分の脳天を切り割るであろうと感じた。

そのとき……。

庭の向うの木立から駆けあらわれた人影が、

「曲者《くせもの》!!」

叫びざま、関根の腰へ組みついてきた。

「あっ……」

関根にとって、これは、おもいもかけぬことだったろう。

腰を振って、相手を振り放そうとする関根の前へ、くるりとまわり込んだ相手が、関根の腰から差し添えの脇差を引き抜いた。

「おのれ!!」

その相手の頭を、関根は大刀の柄頭《つかがしら》で叩きつけようとしたが、それよりも早く相手は身を引きざま、関根の右の脚のあたりを薙《な》ぎはらった。

「うわ……」

恐ろしい激痛に倒れかけたが、そこは、さすがに関根重蔵である。

泳ぐように斜め右手へ逃げ、大刀を構《かま》え、

(や……?)

意外の面持ちとなった。

何と、相手は坊主なのだ。

托鉢僧《たくはっそう》らしい。

そこへ、頬かぶりをしたままの山城屋伊八が駆け寄って来て、関根へ、

「いけません、早く……」

と、いった。

こうなったら、逃げるよりほかはない。

関根は油断なく刀を構えつつ、じりじりと木立の中へ後退して行った。

そして、山城屋伊八の肩へすがり、逃走にかかった。

托鉢僧は、これを追わなかった。

右脚に重傷を負《お》ったとはいえ、大刀を構えた関根重蔵を簡単に仕とめることはできぬ。

いや、それよりも……。

起きあがった藤枝梅安の、

「逃がしておやんなさい」

といった低い声を背中に聞いたから、強《し》いて追わなかったのであろう。

この托鉢僧は、昨夜おそく、梅安宅から立ち去った小杉十五郎であった。

「梅安どの、傷は大丈夫か?」

「何の……」

「いま一足、早ければよかった」

「とんでもない。おかげで死なずにすんだ」

「よかった、梅安どの」

「それにしても小杉さん。どうしてまた、もどって来なすったのだ?」

二

昨夜半、梅安宅を出た小杉十五郎は、提灯《ちょうちん》もつけずにゆっくりと歩を運び、二本榎《にほんえのき》から伊《い》皿子《さらご》のあたりへさしかかったとき、

(はて……?)

自分の後を尾《つ》けて来る者の気配を感じた。

梅安宅を出るとき、十五郎は玄関の内で網代笠《あじろがさ》をかぶっている。

夜のことだし、そこまでせずともよいわけだが、油断は禁物《きんもつ》であった。

そうして外へ出た十五郎を、だれかが見張っていたことになる。

(これは、いかぬな……)

自分のことよりも、十五郎は梅安の身が心配になってきた。

何者かが、梅安宅を見張っていたからこそ、自分を尾行することができたのではないか。

(それとも……?)

新宿を出て来たときの十五郎は、すでに見張られていたのか……。

(いや、そんなはずはない)

そのときは尾行されていないという自信が、十五郎にはあった。

(さて、どうしてくれようか……)

やりすごして、尾行の者を引っ捕えることもできる。

しかし、捕えて糾明《きゆうめい》をするとなると、こちらの顔も声も相手にさとられる恐れがあった。

そもそも尾行者は、

(おれを小杉十五郎と知って、尾けて来ているのか、どうか……?)

そこがわからぬ。

たがいに灯りをもたぬ夜の闇の中の尾行ゆえ、尾行者も十五郎との間隔をあけるわけにはいかぬ。

呼吸をつめ、足音を忍ばせ、全身を耳にして尾行しているにちがいなかった。

結局、十五郎は、伊皿子台町から右へ切れ込み、寺院ばかりがたちならぶ曲がりくねった細道へ入り込み、尾行者をやりすごした。

「どんな奴《やつ》だったね？」

と、藤枝梅安。

「町人ふうの男だった」

「ふうむ……」

「やりすごして、後ろから飛びかかり、当身《あてみ》をくわせてやった」

「それで？」

「顔に見おぼえがあった」

「え……」

「神田明神下の山城屋にいた若い者だ。私が前に、白子屋の元締《もとじめ》からたのまれた仕掛けで江戸へもどった折、山城屋に泊っていたことは梅安どのも御存知のはず」

「ああ、聞きましたよ」

「それで、あの男の顔を見知っていたのだ」

「それでは、やはり、小杉さんと知って後を尾けたのだろうか……」

「いや、そうともかぎらぬ」

十五郎は、托鉢僧の変装に自信をもっているらしい。

「この顔を見られぬかぎり、私とは気づかぬはず」

きっぱりと、いいきったものである。

十五郎は、尾行の男の手足を縛りあげ、近くの空地の木立の中へ放り込んでから、梅安宅へ引き返すことにした。

「そりゃあ、まったく何といってよいか……いや、恐れ入った」

梅安は、坊主頭を撫《な》でつつ、

「生きていたいと臆面《おくめん》もなくいえる私ではないが……やはり、小杉さんにたすけられ、もう大丈夫とおもったときには何ともいえずうれしかった。実に、あさましいものだねえ」

はずかしげに、そういった。

ところで……。

引き返して来た小杉十五郎は、あたりに気をくばりつつ、梅安宅へ近づいた。

「ところが、人の気配は、まったくなかったのだ」

「あいつらは、いなかったといいなさる？」

「さよう。すくなくとも、私がもどって来たときは、この家《や》のまわりにはだれも見張っていなかった」

「ほう……」

十五郎は、戸を叩いて梅安を起し、事を告げようかとも考えたが、

（せっかくに、よく眠っておられるのを起すのも気の毒……）

と、おもった。

そこで、夜が明けるまで、庭に面した雑木林の中へ身を潜《ひそ》め、曲者を見張ることにした。

ゆえに、十五郎も、関根が戸を打ち破った物音で飛び出して来たのである。

「それにしても凄《すさ》まじい手足《てだり》だ。梅安どのに見おぼえはないのですか？」

「ありませぬ。あんたも？」

「知らぬ」

「後から飛び出して来て、手負いの浪人をたすけて逃げた奴は、たしかに山城屋伊八だった」

「さよう」

「あいつ、小杉さんとわかったろうか？」

「笠をぬぎ捨てていたから、あるいは気づいたやも……」

いいさして十五郎は、関根の腰から奪った脇差を凝《じっ》と見つめている。

「よく切れそうだね、小杉さん」

「藤原忠広《ふじわらただひろ》ですよ。これは大変な刀《もの》だ」

「ほう……」

「あの浪人、徒者《ただもの》ではない」

「おそらく、白子屋の元締に雇われた仕掛人だろう。いつだったか、そんな奴がいることを耳にしたことがあるような……」

いいさして、しばらくは何やら凝と考え込んでいた藤枝梅安が呻《うめ》くように、

「こうなったからには、ぐずぐずしてもいられまい」

「なれど、白子屋の元締が何故、梅安どのを殺《あや》めようとするのだろうか……？」

「私を殺してしまえば、小杉さんが自分の手にもどって来ると考えているのでしょう」

「何を、たわけたことを……」

「それに、このところ私は、白子屋のいうことを素直に聞かなくなっているからねえ」

梅安は、不敵に笑い、

「どうかね、小杉さん。まだ、手つだって下さるか？」

「梅安どのが迷惑でも」

「それでは遠慮をいたしませぬよ」

梅安が十五郎に念を入れたのは、いよいよ、今度の仕掛けに関わる事件の危険さをさとったからであろう。

すでに梅安は、十五郎に手つだってもらい、背中の傷の手当を終えていた。

傷は、ごく浅かった。

「腹ごしらえをしてからといいたいところだが……」

「いや、急ぎましょう、梅安どの」

朝の日がのぼったとき、藤枝梅安と小杉十五郎の姿は、もう、この家から消えていた。

三

それから一刻（二時間）ほど後に、藤枝梅安は、目黒の碑文谷《ひもんや》にある萱野の亀右衛門の家へあらわれた。

梅安は、ひとりきりであった。

小杉十五郎が、

「残してきた、あの若い侍《の》が気にかかる。私は新宿へもどっていよう」

と、いい出たので、

「気をつけて下さいよ小杉さん」

「梅安どのも、な……」

品川台町の梅安宅を出た二人は、右と左へ別れたのである。

亀右衛門の家は、三方を竹藪《たけやぶ》に囲まれていた。

茅《かや》ぶきの小さな家だが、中二階があるらしかった。

前に一度、梅安は、この家を訪ねたことがあって、そのときは家の中へは入らず、前庭に面した縁側にかけて語り合ったことをおぼえている。

門も何もない。いきなり前庭へ入って行くと、あたかも、それを待ちかまえていたかのように、縁側の障子が開き、

「おや、これは梅安さん」

萱野の亀右衛門が顔を見せた。

「かまいません。そこから、おあがり下さいまし」

「では……」

前庭に大きな枇杷《びわ》の木があって、白い花が、かたまって開いている。いつであったか、亀右衛門が熟《う》れた枇杷の実をみやげに持って来てくれたことを、梅安はおもい出した。

「間もなく、女房がもどります。さ、こちらへ……」

縁側から入った梅安を、亀右衛門は奥の一間《ひとま》へいざなった。

そこは、裏の台所に接した小部屋で、炬燵《こたつ》がしつらえてある。

その炬燵へ梅安を入れてから、亀右衛門が、

「まさか、断わりにおいでなすったのではありますまいね？」

「断わりに来たように見えますかね？」

「そうは見えないようだが……」

亀右衛門は、梅安の微笑を見てほっとしたらしい。

だが、茶をいれながら二度三度と、梅安の顔色をうかがったのは、やはり安心しきれぬものがあったのではないか……。

「それにしても、ずいぶんと早い……」

「腹が空いてしまって……」

「おや……」

亀右衛門が、目をみはって、

「朝の御膳も、まだ？」

「はい」

「どうなさいました？」

探《さぐ》るような、亀右衛門の視線であった。

「いや、別に……ただ、今朝は手つだいの婆さんが病気ゆえ、自分で仕度をするのも面倒になってねえ」

亀右衛門は、すぐさま、朝餉《あさげ》の仕度をしてくれた。

熱い根深汁《ねぶかじる》（葱《ねぎ》の味噌汁）と大根の浅漬と、それに葱のぶつ切りを胡麻《ごま》の油で炒《いた》めたもの

が出た。葱を、こんなにして食べるのは、このときが初めての梅安だったが、

(空腹《すきばら》にはいいものだ)

と、おもった。

野菜も味噌も、ほとんどが亀右衛門夫婦の手づくりだそうな。

「すっかり御馳走《ごちそう》になってしまった」

「ありあわせで、何のおかまいもできません」

手早く、後片づけをすました亀右衛門が、

「梅安さん。どこかに傷を受けていなさるのでは……?」

いいさしたのを、さえぎるように藤枝梅安が、

「亀右衛門さん。一昨日《おととい》は私のほうから、ただ一言《ひとこと》、この仕掛けは、池田備前守様の御子息のためにすることかと尋ねたが……」

「さようで……」

「ほかに、もう少し、耳に入れておきたいことがあってね」

「はい、はい」

「というのは、お前さんにたのまれた、この仕掛けを急がなくてはならなくなった」

「そうしていただければ、これにこしたことはないのですよ、梅安さん。日限《にちげん》を切っては困るとおいいなすったので、断わられては困るとおもい、仕方なく承知しましたが、実は、こ

っちも、ゆっくりとしているわけにはいきませんので」

「なるほど」

「すると、ほかの仕掛けが入ったので？」

「いや何、そんなことではないのです。ま、それはさておき、私が尋ねたいというのは、ほかでもない」

と、梅安が、ふところから、紙と小さな矢立《やたて》を出した。


藤枝梅安が、塩入土手に近い彦次郎の家へあらわれたのは、夕暮れどきになってからだ。

彦次郎は、飛び立つようにして梅安を迎え、

「傷は、大丈夫かね？」

「何だ、彦さん。蒼《あお》い顔をしたりして……」

「だって、お前さん……」

「なあに平気さ。こんな傷ぐらい、蚤《のみ》に喰われたようなものだ」

元気な梅安の顔と声に、彦次郎が安心をしたらしく、

「どうやら、そんなところらしい」

「いや、強がりをいっているのだ。小杉さんから聞いたろうね」

「聞きましたよ、危かったねえ」

「まさに、間一髪《かんいっぱつ》というところさ」

小杉十五郎は、新宿へもどる途中、彦次郎の家へ立ち寄り、今朝の一件を告げることになっていたのである。

「小杉さんは、後を尾けられていなかったようかね？」

「それは、大丈夫だ。おれが様子を見とどけておきましたよ」

「うむ。ときに彦さんのほうは、どんなぐあいだ？」

「まだ、これといって手がかりもつかめていませんよ。だって、これから外へ出ようというときに小杉さんがやって来たものだから……」

「そうか。そうだったな」

「それにしても、今朝、梅安さんを殺《あや》めにかかった浪人といっしょに、山城屋伊八がいたらしいね」

「うむ」

「こいつ、よけいなものが入ってきやがった」

舌打ちをしながら、彦次郎が、

「ま、背中を見せなせえ。いい膏薬《こうやく》がある。つけ替えましょう。酒は、その後にね」

「すまぬな」

「わけもねえことだ」

彦次郎が、傷の手当にかかりつつ、

「なるほど。こいつは浅《あせ》えや」

「すっと、皮を一枚ほど、な……」

「そんなところだねえ」

「ときに彦さん……」

「え？」

「今朝、萱野の亀右衛門さんのところへ行くまでは、それとおもい出さなかったのだが……ほれ、四、五日前に、彦さんと二人で新宿から帰って来たとき、この近くで二人の侍を襲った大男の侍、な……」

「あ……あの凄い奴。一人を引《ひ》っ攫《さら》って柳島の池田屋敷へ入った……」

「うむ」

「では、その野郎が梅安さんを？」

「しかとはわからぬ。前のときは、すっぽりと頭巾をかぶっていたし、今度、顔は見とどけたが同じ奴か、どうか……だが、どうも、だんだんと同じ奴のようにおもえてきてならぬ。やはり背《せ》丈《たけ》の高い凄腕《すごうで》だったよ」

「も、もし、同じ奴だとすると、こいつは、どういうことなのだろう？」

「さて、なあ……」

「おれは、尾けられたおぼえがないが……」

「それは、わかっているとも」

手当がすんだ肌を入れて、梅安が、

「ともかくも酒にしよう。たまらなくのみたい」

「あいにくと、あるものは……」

「豆腐ばかりかえ。彦さんは豆腐が好きだのう」

やがて、酒を酌《く》みかわしながら、藤枝梅安が、折りたたんだ紙をひろげて見せた。

何か、書きしたためてある。

「これは先刻《さっき》、亀右衛門さんから尋《き》き取ったのだが……」

「なるほど」

「いいかえ。池田備前守様の、亡くなった前《さき》の奥方は、この長男の辰馬《たつま》を産んだ」

と、紙面を指しながら梅安が、

「ね、その後へ入って来た、いまの奥方は、正之助《まさのすけ》と小三郎《こさぶろう》という二人の男の子を産んだわけだが、そうなると、いま、新宿に匿《かく》まってある若い侍は、どうも辰馬さんらしい。どうだね？」

「ちげえねえ。だから、いまの後妻が手をまわし、殺しにかかったのだ」

「私も、そうおもう」

「こりゃあ、もう間ちがいねえ。こうなったら、うっかり辰馬さんを池田屋敷へは帰せませんぜ」

「うむ。そして一時も早く、池田の後妻を仕掛けてしまわぬと……」

「そのことだ」

「何しろ、白子屋の手が、小杉さんのみか私のほうへも伸びてきたからな」

「そっちのほうが、一層《いっそ》、面倒だねえ、梅安さん」

「だが彦さん。今朝の、あの凄腕と池田様との関《かか》わり合いが、私にはいま一つ、のみこめないのだよ」

口へふくみかけた盃の手をとめて、梅安は両眼を閉じた。

鍋の中で、豆腐が踊りはじめた。

彦次郎が、われに返ったように腰をあげ、行燈《あんどん》の灯心《とうしん》を截《き》った。

雨戸を風が叩いている。

四

翌日の昼前に、彦次郎が上野山下の盛り場へあらわれた。

今日は風が絶えたけれども、薄鼠色《うすねずみいろ》に曇った空が江戸の町々へ被《おお》いかぶさるように低く感じられ、朝から冷え込みが強《きつ》かった。

彦次郎は、山下のあたりから御徒町へ反転し、池田備前守の本邸の周辺を、ぶらぶらと歩いた。

池田屋敷を見張りに来たというのでもないらしい。

周辺にたちならぶ旗本屋敷をながめたり、屋敷と屋敷の間の細道があれば、そこへ入って見て、どこへ通じているかをたしかめたりしているようだ。

御徒町のあたりには、ほとんど町家がない。

大小の武家屋敷が密集している。

藤枝梅安は、彦次郎の家へ引きこもり、小さな炬燵《こたつ》へ足を入れ、しずかに寝ていた。

傷は浅かったけれども、化膿《かのう》したりするといけないし、ともかくも今日明日はうごかぬつもりでいる。

小杉十五郎から何ともいって来ないのは、

(先ず、無事に新宿へもどった……)

と、看てよいのではないか。

「彦さん。何となく、御徒町のあたりをぶらぶらして来てくれぬか」

梅安がそういった胸の内が、同じ仕掛人の彦次郎だけに、すぐにわかった。

池田家の奥方の仕掛けが至難の事であるのは、いうをまたない。

それだけに、どのようなヒントでも得たいところだ。

たとえていうなら、橋一つ、細道一つ、門構え一つにも、

(あ……)

はっと、仕掛けの方法をおもいつくことがあるのだ。

その漠然《ばくぜん》とした着想が、さらに連想をよぶ。

そして仕掛けの計画が一つ一つ、できあがって行くことさえある。

(どうも、気に入らねえな)

ひとまわりしてから、彦次郎は広小路の蕎麦屋《そばや》へ入り、熱い酒で躰《からだ》をあたためながら、

(御徒町なぞというところは、つまらねえところだ)

低く、舌打ちを鳴らした。

大小の差はあるが、何処《どこ》も彼処《かしこ》も同じような武家屋敷ばかりで、仕掛けの連想が生まれてこない。

(いや、却《かえ》って、ああした場所には、つけこむ隙《すき》があるのかも知れねえ)

蕎麦で腹をみたしてから、また、彦次郎は御徒町へ引き返した。

今日の彦次郎は小荷物を背負い、裾を端折《はしょ》り、草鞋《わらじ》をはき、菅笠《すげがさ》をかぶっている。

梅安は、

「ま、私が起き出すまでは、のんびりとやっておくれ」

そういってよこしたが、いまの彦次郎は、とてもそうした気分にはなれぬ。

「池田備前守の奥方を仕掛けたら、小杉さんと三人で熱海の温泉《ゆ》へでも漬《つか》りに行こうか」

などと、今朝の藤枝梅安は、のんきなことばかりいっていたが、おそらく頭の中は、

（仕掛けのきっかけを、どう摑《つか》むか……）

このことで一杯なのであろう。

（こりゃあ、雪でも落ちてくるのではねえか……）

彦次郎は、笠の内で、

「そろそろ帰ろうか」

と、つぶやいた。

そこは、池田備前守邸の裏道で、幅二間《けん》ほどの道の彼方の右側に池田邸の裏門が見える。

彦次郎は、池田邸の手前の細道を右へ折れ、和泉橋《いずみばし》通りへ出るつもりであった。

そのとき、池田邸の裏門が開き、三人の侍が出て来た。

二人は剣客ふうの侍で、これが立派な身なりをした若い侍の前後をかためるようなかたちで、こちらへ来る。

（おや……）

彦次郎は落ちついて歩みながらも、笠の内で瞠目《どうもく》した。

中にはさまって歩む若い侍の顔が、新宿《にいじゅく》にいる記憶を失った侍に、よく似ているのだ。

「瓜二つ」

というほどではないが、

（かなり、似ている……）

のである。

（もしやすると、こいつが、奥方が産んだ正之助かも知れねえ）

そうおもいながら、彦次郎は三人の侍へ頭を下げつつ、擦《す》れちがった。

剣客ふうの二人は、じろりと彦次郎を見たようだが、怪しんだわけではないらしく、擦れちがって、そのまま道を南へ行く。

彦次郎は一度も振り返らずに池田邸の前を行き過ぎ、次の細道を曲がってから、塀の角から彼方をうかがうと、三人はいま、向うの細道を和泉橋通りの方へ曲がろうとしているところだ。

彦次郎も身を返して和泉橋通りへ出た。

出る前に裾を下ろし、笠と草鞋をぬぎ捨てた。

手早く背負っていた小荷物の中から白足袋《しろたび》と草履《ぞうり》と羽織を出し、身につけた。

それが、瞬《また》く間の速さである。

さいわい、人の目にもつかなかったようだ。

彦次郎は何くわぬ顔をして、今度は小荷物を小脇に抱え、和泉橋通りへ出た。

髪はきれいに結《ゆ》いあげているし、身につけている着物も裾を下ろし、羽織をつけると、これまでのうす汚《ぎたな》さが一変してしまう。

歩きぶりも別人のように変った彦次郎が足を速めて、三人の侍を追った。

ここは大通りなので、道行く人びとも少なくない。

尾行には、絶好といってよかった。

剣客ふうの二人も、筋骨《きんこつ》たくましいが、若い侍も立派な体格だ。

すぐに彦次郎は三人に追いつき、間隔をおいて尾行しはじめた。

若侍は肩をそびやかして大股《おおまた》に歩き、後についていた男が肩をならべ、しきりに何かささやきながら歩いている。

それにこたえて、若侍が何かいうときの横顔が彦次郎の目に入る。

横顔も似ている。

似ているが、新宿にいる若侍よりも日に灼《や》けたような顔の色だし、総体にたくましさがある。

(こいつ、おもいがけねえことになったぞ)

彦次郎は、寒さも忘れて勇み立った。

このとき、八ツ(午後二時)ごろだったろう。

そして、日が暮れて……。

藤枝梅安が酒の仕度をして待つ我家《わがや》へ、彦次郎は夜に入っても帰って来なかった。

五

夜が更けてくるにしたがい、さすがの梅安も落ちついていられなくなってきた。

どうも、いやな予感がする。

(彦さんの身に、何か起ったのではないか……?)

二度三度と、外へ出てみた。

曇った寒夜の空には、星一つ瞬《またた》いていない。

四ツ(午後十時)少し前であったろうか。

足音が裏の戸口へ近寄って来て、戸を叩いた。

「梅安さん。いま帰りましたよ」

「彦さんか……」

めったに、あわてたことがない藤枝梅安が炬燵《こたつ》から飛び出した途端に、冷酒をのんでいた茶碗を足先に引っかけた。

転がった茶碗が障子の腰板へ当り、音をたてたのにもかまわず、台所の土間へ走った梅安が戸締りを外した。

「遅くなっちまったよ」

と、彦次郎が身ぶるいをしながら土間へ入って来るのへ、

「どうした、彦さん」

「それが、さ……」

いいさした彦次郎の顔が蒼《あお》ざめているというか、妙に殺気立《さっきだ》っているというか、両眼がぎらぎらと光って、

「とんでもねえことになりそうだよ、梅安さん」

「え……？」

「ま、一杯のましてくれ」

彦次郎は冷酒を茶碗にあけて、息もつかずにのみほしたものだ。

「やっと正気《しょうき》になった。何しろ、寒いの何の……」

彦次郎は炬燵へもぐり込み、

「う、うう……」

背中をふるわせながら、しばらくは物もいえぬ様子であった。

彦次郎が寒がりだということは知っていたが、こんな姿を見るのは、はじめての梅安である。

「もう一杯、どうだ」

こたえず、両眼を閉じたまま、彦次郎はかぶりを振った。

だが、間もなく、彦次郎の顔に血の色が浮かび、口元に微《かす》かな笑いがただよってきた。

「いや、どうも、とんだところを見せてしまった……」

「躰が冷え切ってしまったのかえ?」

「うむ。炬燵へ入ったら呼吸《いき》ができなくなっちまったよ、梅安さん」

「そんな気がしたのだろう。呼吸ができなければ死んでしまう」

「う、うう……ようやく、酒がまわってきた」

「今度は熱い酒《の》がいいだろう」

「そうだね」

「腹は?」

「空き切ってしまって、いまは食いたくねえ」

酒を酌《く》みかわしながら、彦次郎は、今日の出来事を語りはじめた。

「その三人の侍はね、梅安さん。和泉橋通りを真直《まつすぐ》に、佐久間町《さくまちよう》の、……ほれ、藤堂様の大きな屋敷がある……」

「うむ、うむ」

「あの近くに、剣術の道場があってね。そこへ入りましたぜ」

「ほう」

そのあたりは、むかしから材木屋や炭屋が多いところだ。

その一角に、町家を改造した小さな剣術の道場がある。

彦次郎が近くの蕎麦屋へ入って、それとなく尋ねたところ、一刀流の高田《たかだ》玄丹《げんたん》という剣客の道場だという。

「はじめっから、あんまり門人もいませんでしたがね。近ごろは稽古の物音も聞こえませんよ」

と、蕎麦屋の亭主がいい、何やら胡散《うさん》くさそうに彦次郎を見る。

「それで、どうも長居もできねえので、酒をのんで、すぐに出て来てしまいましたがね」

「それから、どうした？」

「どうしようかとおもいながら、あたりをぶらぶらしていると、また、三人が出て来やがった」

「ふむ、ふむ……」

それから町駕籠《まちかご》を拾い、三人は両国橋を東へわたった。

もっとも、駕籠へ乗ったのは、身なりの立派な若侍だけで、剣客らしい二人は駕籠の両傍《りょうわき》に附きそったわけだ。

そのとき彦次郎は、藤堂侯の上屋敷の塀に沿って歩みながら、大胆に近づいて行った。

人通りもあったし、彼らは彦次郎を気にもとめなかった。

で、その若侍が駕籠へ乗るときに、附きそっていた剣客の一人が、

「辰馬様……」

よびかけて、何か、ささやいた。

その「辰馬様」の声が、彦次郎の耳へ入ったというのである。

「え……」

梅安の眼が、活《かっ》と見ひらかれて、

「聞きあやまったのではないだろうね？」

「たしかに、辰馬様と聞こえましたぜ」

「それでは、いま新宿へ隠してある、あの侍が辰馬ではないというわけか……」

「そうなるね、梅安さん」

「顔が、よく似ていたと……？」

「たしかに、似ている」

すると……。

今日、彦次郎が尾行した若侍は、前の奥方が産んだ長男の辰馬ということになる。

そして、新宿にいる若侍は、いまの奥方が産んだ二男の正之助ということになるではないか。

顔が似ているからには、二人とも、池田備前守の血を受けているからであろう。

いまの奥方は、小三郎という三男も産んでいるが、これは萱野の亀右衛門にいわせると、まだ十六歳の少年だそうな。

藤枝梅安が、萱野の亀右衛門から聞いたところによると、いまの奥方が腹ちがいの長男・辰馬をしりぞけ、わが腹を痛めた正之助に池田備前守の跡《あと》を継がせようとして、いろいろに画策《かくさく》をしているらしい。

池田備前守は、躰が弱く、いつなんどき、重い病気にかかるやも知れぬ。

そうなると、いまの奥方は苛《い》らだちはじめ、たとえていうなら、

「辰馬様へ毒でも盛りかねない……」

という。

そこで何者かが大金を出し、亀右衛門に奥方の暗殺をたのんだのではあるまいか……。

それならば、二男の正之助を浅草の外れまで誘い出して殺害しようとした二人の侍は何者なのか……。

「どうも、わからねえ」

ためいきを吐いた彦次郎が、

「他人の空似《そらに》ということもある。新宿にいる侍は、池田備前守と関わり合いのない人かも知れねえ」

「ふうむ……」

池田辰馬を乗せた町駕籠が、何と、柳島の池田家の別邸へ入って行ったのを、彦次郎はたしかに見とどけた。

「むう……」

と、梅安は唸《うな》り声《ごえ》を発するのみだ。

池田家別邸へ、二人の剣客に護《まも》られて入ったことになると、池田辰馬と関根重蔵(梅安たちは、まだ、その名を知らぬ)との関係は、どうなっているのだろうか……。

「夜が更《ふ》けるまで、見張っていましたがね、だれも出て来ねえし、入って行く者もいねえ。それであきらめて帰って来たよ、梅安さん」

「御苦労だった。すまなかったな」

「それで、これから、どうなさる?」

藤枝梅安は銀煙管《ぎんぎせる》を口へもって行きながら、

「こうなったら、よけいなことに首を突込んでもいられまいよ」

と、いった。

六

翌朝になって……。

梅安を残し、彦次郎は我家を出た。

「私も行こう」

と、梅安がいい出るのへ、

「こんなことに、大将が出馬《しゅつば》するにもおよびますまいよ」

むりに彦次郎は、梅安を炬燵の中へ入れておいて、

「今日は寄り道をしずに帰って来るからね」

「たのむよ、彦さん」

彦次郎は、新宿の布海苔《ふのり》問屋《どんや》・下総屋六左衛門方へ向ったのである。

昨夜半すぎに、ちらちらと雪が落ちてきたようだったが、やがて熄《や》み、今朝も昨日と同じような曇り空だ。

彦次郎は、

「う、う……たまらねえ」

寒さに顔を顰《しか》めつつ、まるで走るように行く。

下総屋へ着くと、小杉十五郎があらわれ、

「彦さん。何か起ったのか？」

不安そうに尋《き》いた。

一昨日の朝、関根重蔵の襲撃があっただけに、

「どうも気がかりで、これから私も、彦さんのところへ行ってみようとおもっていたところなのだ」

「大丈夫ですよ。明日になりゃあ梅安さん、元どおりにうごけます」

「そうか。それなら、よかった」

「ときに、小杉さん……」

下総屋の一間へ入り、彦次郎は、昨日の出来事をすべて十五郎に語って、

「小杉さんは、どうおもいなさる?」

「ふうむ。根が深いな、これは……」

「ですから、梅安さんはね……」

彦次郎が、十五郎の耳もとへ口をさしよせて、何かささやいた。

「なるほど……」

「ですからね……」

また、ささやく。

「ふむ、ふむ……」

「どうでしょう?」

「そうだな。これは私より、彦さんにやってもらったほうがよいのではないか。あの若侍は私の声に慣れつくしてしまっているゆえ」

「その後、変ったことは？」

「うむ。例の江戸名勝志《めいしょうし》を、あれから手ばなさぬ。目がさめているときは、凝《じっ》と見つめつづけているのだ」

「その本の中の、どんな絵に見おぼえがあるというので？」

「いや、そうではない。江戸名勝志そのものに見おぼえがあるらしい。絵にも文章にも、な」

「ははあ……」

「以前に、愛読していたのではあるまいか……」

「なるほど」

「ともかくも、離れへ行ってみようか」

「ようござんす」

二人は、足音を忍ばせるようにして、母屋《おもや》からの渡り廊下を離れ屋へ近づいて行った。

先に十五郎が障子の隙間《すきま》から、離れ屋の中の様子を窺《うかが》って見てから、渡り廊下の中程に立っている彦次郎の傍へもどって来た。

「どんなぐあいですね？」

「起きている。また、江戸名勝志を見つめているようだ」

ふたりはうなずき合って、離れ屋へ近づき、先ず、小杉十五郎がしずかに障子を引き開け

るや、彦次郎がするりと中へ入り、

「正之助」

と、若侍へ呼びかけた。

すると……。

若侍は、ぱっと振り向いたではないか。

そして彦次郎を見て、何ともいえぬ顔つきになった。

彦次郎と十五郎は、顔を見合わせた。

今度は十五郎が、

「池田正之助」

と、呼びかけた。

こたえはない。

なかったが、しかし、若侍の面上《めんじょう》には、何やらもどかしげな、そして苦痛に似た表情が浮かんだ。

「もし……」

と、十五郎が若侍の枕元へ坐り、

「いま、われらが呼びかけた名を、何と聞かれました？」

「まさのすけ……いけだ、まさのすけ……」

「その名に聞きおぼえはありませぬか？」

「は……」

「いかが？」

「何やら、聞いたことのあるような名と……」

「おもわれましたか？」

「はい」

「もしや、あなたの名前ではありませんか？」

若侍の顔に困惑の色がただよいはじめた。

「いかがでしょう？」

「さて……」

「おもい出されぬか？」

「はい」

「なれど、以前に聞きおぼえがあるといわれる。つまり、この江戸名勝志に見おぼえがあるのと、同じような……」

「はい。そ、そのとおりです」

「ふうむ……」

またしても十五郎と彦次郎は、顔を見合わせた。

若侍が梅安に救われてから約半月を経たいま、この下総屋へ移ってよりは医薬の手もとどき、傷処《きずしょ》はめきめきと回復しつつあった。

若侍は、両眼を閉じ、

「正之助……池田、まさのすけ……」

一語一語を手繰《たぐ》り寄せるように、つぶやきはじめた。

小杉十五郎は、彦次郎に眴《めくばせ》をして、渡り廊下へ出た。

「どうおもう?」

「小杉さん。こりゃあ、もう、間ちがいねえとおもいますよ」

「やはり、池田正之助……」

「小杉さんは、どう、おもいなすった?」

「私も、同じだ」

「では、梅安さんに、このことを……」

「私も、いっしょに行こうか。この家なら、あの侍を残して置いても大丈夫だ」

うなずいた彦次郎が、

「いまのところは、ね」

「私なり彦さんなりが、後を尾けられていないかぎり、心配はない」

「ようござんす。それでは、いっしょにおいでなすって……」

「いま、仕度をして来る。母屋で待っていてくれ」

「承知しました」

七

その翌日の夜のことだが……。

御徒町の池田備前守屋敷の表門を叩いて、

「もし……もし、御門番衆。柳島の御下屋敷からまいりました。急ぎの御用でございます。お開け下さいまし」

高声《たかごえ》にいう者があった。

門番が、

「何、柳島から……」

門番所の小窓を開けて見ると、窓へ嵌《は》め込まれた太《ふと》い桟《さん》の間に手紙のようなものが差し込んであった。

「だれだ？」

あわてて傍門《わきもん》を開け、外へ走り出て見ると、だれもいない。

「おい、おい」

あたりの闇へ声をかけても、こたえはなかった。

(妙だな……?)

桟の間に差し込まれてあった手紙の上書《うわがき》には、

〔池田びぜん様、奥方様〕

と、ある。

文字は達筆だが、漢字と平仮名をまぜ合わせた書き様が、いささか変っている。

ともかくも門番は、これを取次いだ。

まだ五ツ(午後八時)ごろであったから、屋敷内が寝静まっていたわけではない。

四千石の大身旗本ともなれば、小さな大名のようなもので、二千坪の邸内には家老の長屋もあれば、四十余人の家来や奉公人たちが住み暮しているのだ。

門番の手から家来へわたった手紙は、それから家老の伊藤新左衛門《いとうしんざえもん》の許《もと》へ届けられた。

いかに、奥方へあてた手紙といえども、場合が場合である。

怪しい男が顔も姿も見せず、手紙だけを残して行ったのだ。

そこで家来たちが相談をし、邸内の家老長屋にいる伊藤の許《もと》へ差し出したのであろう。

「何……?」

伊藤家老は、家来と共にあらわれた門番の報告を聞いて、

「それは、奇妙な……」

手紙の上書を見つめた。

六十がらみの伊藤新左衛門は温和な人物で、四代にわたって池田家へ仕えているそうだが、家来たちの中には、

「あのような御家老なぞは、居ても居なくても同じようなもの」

と、蔭口をきく者が少なくない。

伊藤家老の下には、用人《ようにん》が二人いる。

大身旗本の屋敷ゆえ、中は〔表〕と〔奥〕にわかれてい、表は、来客や用談・事務の区域で女はいっさい顔を出さぬ。

奥は、殿様夫妻と家族に、女の奉公人の居住区である。

したがって、用人も表と奥に一人ずついて、表の用人は村田《むらた》勘助《かんすけ》、奥の用人は浅岡《あさおか》弥兵衛《やへえ》といい、共に四十前後の年配であった。

用人は、事務局長のようなもので、主家の人事から経理など、いっさいのことをつかさどる。

池田家の二人の用人は、顔を合わせても、めったに口をきき合うことがない。

仲が悪いのだ。

そして、この二人の用人の下に、家来・奉公人がそれぞれにわかれている。

ま、一種の派閥《はばつ》争いをしているようなものだが、家老の伊藤新左衛門は、どちらに味方を

するわけでもなく、ひたすら、病身の主人・池田備前守の機嫌をうかがうことのみに、

「汲々《きゅうきゅう》としている」

のだそうな。

伊藤家老は、しばらくの間、手紙の上書を凝視《ぎょうし》していたが、

「浅岡弥兵衛を、用部屋へ」

と命じ、すぐに羽織・袴をつけ、自分の長屋を出て、屋敷の用部屋へおもむいた。

そこへ、奥の用人・浅岡弥兵衛があらわれ、

「何事でありましょう？」

「これを、見られよ」

家老から、件《くだん》の手紙を受け取り、前後の様子を聞いた浅岡が、やや顔色を変えて、

「これは、いったい、どのような？」

「わしには、さっぱりわからぬ」

でっぷりと肥えた伊藤家老の、血色《けっしょく》のよい顔には、別段、何の表情も浮かんでいない。

声も、いつものように、おだやかなものであった。

「のう、浅岡」

「は……？」

「おぬしは、奥の御用人ゆえ、奥方様へあてたる怪しい手紙についての分別もあろう。おぬ

しが責任《せめ》を負《お》うと申すのなら、まかせよう。どうじゃ？」

伊藤家老の側には、二人の家来がついている。つまり、この場の証人というわけなのであろう。

「さよう……」

いいさして、浅岡用人は口ごもった。

「おぬしが困るのなら、わしが、この場にて開封《かいふう》いたしてもよい。それとも、奥方様へお目にかけてみるか。どうじゃ？」

浅岡弥兵衛は咄嗟《とっさ》に意を決したらしく、

「私が、お引き受けいたしましょう」

「では、奥方様へお目にかけるのじゃな？」

「はい」

浅岡のこたえに、よどみはない。

うなずいた伊藤新左衛門が、二人の家来へ、

「そのほうたち、しかと聞いたな」

念を入れた。

家来たちが「はい」と、こたえる。

「よし」

伊藤家老は、二人の家来と共に用部屋から出て行った。

用人・浅岡弥兵衛は、手紙を袖の下へ隠すようにして、奥へ去った。

奥方の増子《ますこ》は、まだ寝所へ入ってはいないはずだ。

しかし、浅岡は増子の居間へはおもむかず、自分の用部屋へ入った。

奥の用部屋は、表のそれよりも小さい。

用部屋へ入るとき、浅岡用人は廊下を通りかかった侍女に、

「だれも入れてはならぬぞ」

と、ささやいた。

侍女が、うなずいて立ち去った。

この侍女は、浅岡の信頼が厚いらしい。

浅岡は用部屋へ入り、次の間との境の襖を閉めた。

そして、また、手紙の上書を睨《にら》むように見入った。

やがて……。

浅岡が手紙を開きはじめた。

手紙は、ごく短かいものである。

上書をしたためた紙で二重に包まれていたのだ。

一度、読み下した浅岡弥兵衛が、さっと蒼《あお》ざめ、二度三度と読み返すうち、唇のあたりが

ひくひくとふるえはじめた。

地蔵堂の闇

一

その手紙には、およそ、つぎのようなことが書きしたためられてあった。達筆である。

下谷の、根岸《ねぎし》の奥、金杉村新田《かなすぎむらしんでん》の地蔵堂《じぞうどう》前へ、明夜五ツ半（午後九時）に、奥方様直《じ》き直きにお運びありたし。

さすれば、御二男・正之助様の御身柄《おみがら》を、引き渡し申すべし。

ただし、乗物（駕籠）無用のことなり。

そして、地蔵堂周辺の絵図が丹念に描かれ、同封されていた。

「ふうむ……」

池田家の奥用人《おくようにん》・浅岡弥兵衛は、低く唸《うな》った。

家老の伊藤新左衛門とは対照的な痩身《そうしん》を身じろぎもせず、浅岡は沈思《ちんし》しつづけていたが、
やがて次の間へ出て、手を打ち鳴らし、

「たれか、おらぬか」

と、呼んだ。

先刻、浅岡と廊下で擦《す》れちがった侍女があらわれ、

「御用にござりますか？」

「うむ。火急《かきゅう》のことあって、奥方様へ、お目通りをしたい」

「はい」

侍女は、奥方の増子の居間へ向った。

この侍女は、名を奈加《なか》といい、浅岡用人から信頼を受けている。

増子は、まだ居間にいて、寝所へは入っていなかった。

すぐに、奈加がもどって来て、浅岡弥兵衛を増子の居間へみちびき、

「御用人が、お見えにござります」

次の間から声をかけておいて、廊下へ引き下った。

「これへ……」

奥で、増子の声がする。

「夜ふけに、突然のお目通りを願いまして、恐れ入りまする」

「何事じゃ？」

「は……」

浅岡弥兵衛が、次の間から奥へ入った。

増子は、四十を三つ四つは出ていよう。

小柄で、痩《や》せた躰《からだ》つきなのだが、増子の両眼は黒々《くろぐろ》として大きい。

躰が細くて小さいだけに、その両眼が異様なまでに大きく見える。

「先程《さきほど》、このような手紙を届けてまいった者がおりまして……」

「何者じゃ？」

「それが、門番へ声をかけ、手紙を門番所の窓へ差し込んだまま、姿を消してしまったと申します」

「ふむ……」

うなずき方が、まるで男のようだ。

浅岡から受け取った件《くだん》の手紙を読み、増子が、

「この手紙を読んだ者は、他におらぬか？」

念を入れた。

外見《そとみ》には、すこしも、あわてたところがない。

むしろ、用人の浅岡弥兵衛のほうが、

「これは、いったい、何者でありましょうか？」

微《かす》かに声がふるえ、蒼《あお》ざめていた。

「いかが、いたしましょうや？」

「俗《ぞく》に、藁《わら》をもつかむおもいとか申すではないか」

「はあ……」

「この藁の一筋《ひとすじ》……」

いいさして増子が手紙を浅岡用人の前へ押しやり、

「いまとなっては、つかんでみるよりほかにない」

「では、奥方様が直き直きに……？」

「まさかに……」

増子の片頰《かたほお》に、わずかな苦笑が浮いた。

藁をもつかむおもいといいながら、増子は落ちつきはらっているように見える。

「では、御身《おみ》がわりを?」

「うむ」

「奈加では、いかがでございましょう?」

「奈加のほかに、人はあるまい」

「いかさま」

「明夜、五ツ半……」

「さようでございます」

「手落ちなきようにせねばならぬ。もそっと寄るがよい」

「は……」

二人の密談は約半刻(一時間)ほど、つづけられた。

それから、浅岡弥兵衛は居間を引き下り、先刻の部屋へ侍女の奈加を呼び、しばらく密談をしたのち、

「では、まいれ」

奈加をともない、ふたたび、奥方の部屋へあらわれた。

それから、また、三人で密談がはじまった。

ちょうど、そのころ……。

藤枝梅安は、目黒の碑文谷《ひもんや》に住む萱野の亀右衛門宅にいて、これまた、密談をかわしてい

る。

「亀右衛門さん。今度の仕掛けは、まことにむずかしい。一年、二年がかりで仕掛けるのなら、また方法もあろうが、私のほうもゆっくりとしてはいられなくなったので、もう一つ、手助けをしてもらえまいか？」

と、梅安が何事か、亀右衛門にたのむや、

「わけもないことで」

即座に、亀右衛門は引き受けたようだ。

夜がふけて……。

「ま、泊っておいでなさい」

しきりにすすめる亀右衛門へ、

「いや、そうしてもいられませんよ。では、明日の昼すぎに、もう一度、此処《ここ》へ……」

「それまでには、かならず」

「たのみましたよ、亀右衛門さん」

そして、空が白みかけると、萱野の亀右衛門が、何処かへ出て行ったようである。

池田備前守屋敷では、昨夜のまま、奥方の増子が居間に坐ったままであった。

昨夜の増子とはちがい、ただ一人、居間に坐っている増子は、火桶《ひおけ》の灰のような顔色になっていい、目を伏せたまま、いかにも打ち拉《ひし》がれた様子に見える。

昨夜から一睡《いっすい》もせず、此処に坐ったままなのだ。

増子の、伏せた目から泪《なみだ》が一筋、骨張った頰をつたわった。

「正……正之助……」

呻《うめ》くような、泣いているような増子の声が薄《うす》い唇《くち》から洩《も》れたのは、このときである。

そのとき、廊下のあたりがさわがしくなり、侍女の奈加が居間へあらわれ、

「殿様の御加減《おかげん》が……」

と、告げた。

六十をこえた池田備前守が、また、発作《ほっさ》を起したのだ。

増子は立ちあがり、

「早う、村岡先生を……」

「ただいま、お迎えに走らせましてござります」

村岡玄道《げんどう》は、幕府の表御番医師《おもてごばんいし》をつとめ、二百俵をいただき、池田屋敷からも近い御徒町に屋敷をかまえている。

そして、むかしから池田備前守の主治医《しゅじい》でもあった。

二

すぐに駆けつけた村岡玄道の手当によって、池田備前守の発作はおさまった。

備前守照秀《てるひで》の持病は、心ノ臓である。

さて……。

村岡玄道が、

「先ず、御案じなさることもありますまい」

と、家老の伊藤新左衛門へ告げ、池田屋敷を去ったころ、すでに、新宿《にいじゅく》の下総屋から、あの若侍は彦次郎の家へ移されていた。

まだ暗いうちに彦次郎が、この前と同じように若侍を大葛籠《おおつづら》へ入れ、これを荷車に積み、我家《わがや》へもどって来たのだ。

托鉢僧《たくはつそう》の姿で、小杉十五郎が荷車の後方につきそっていたのは、いうまでもない。

この日の十五郎は、杖《つえ》を手にしていた。

長さ六尺ほどの、金剛杖《こんごうづえ》のようなものであった。

これは、下総屋の離れで、池田正之助とおもわれる若侍を護《まも》りつつ、十五郎がみずからつくりあげた杖で、

（やはり、何か得物《えもの》を手にしておらぬと心細い）

と、おもったからであろう。

現に、先夜、関根重蔵に危うく斬られようとした藤枝梅安をたすけたとき、十五郎は無我夢中で関根へ組みついて行ったものだが、そのとき、

（あのときは運よく、相手を追い退《の》けることができたが、やはり、素手では、いざというときの役に立たぬ）

つくづく、そうおもった。

若侍は大葛籠の中に身を横たえ、胸にしっかりと、下総屋からもらってきた〔江戸名勝志〕を抱いていた。

「途中、変ったことはなかったろうね、彦さん」

すでに、萱野の亀右衛門宅から彦次郎の家へもどって来ていた藤枝梅安がささやくのへ、

「大丈夫だよ、梅安さん」

若侍は、葛籠の中で眠っている。

「よく眠ることよ」

小杉十五郎が苦笑を浮かべて、

「傷も、大分に、よくなってきているようだ」

三人で、若侍を入れたまま、大葛籠を奥の小部屋へ運び込んだ。

「さて、梅安さん。これからどうする？」

と、彦次郎がいうのへ、

「さて、な……」

「金杉新田《かなすぎしんでん》の地蔵堂のほうは、どうするね？」

「ま、急がなくともよい」

「だが、奴ら、やって来るだろうか？」

「あの侍が池田正之助なら、かならず、やって来よう」

と、小杉十五郎。

「すくなくとも、様子を見に来ることはたしかだろうね」

と、梅安。

「それなら一つ、おれが見張りに出ようか？」

「夜になってからのことさ」

「ほんとうに、池田の奥方が出て来るだろうか？」

「今夜は来まいよ」

「やはり、ね……」

「腹ごしらえをしながら、ゆっくりと相談をしよう」

「あの侍を起そうか？」

「起きるまで、ああしておいてやるがいい」

「それもそうだ」

梅安は、もう、朝餉《あさげ》の仕度をととのえてあった。

濃目《こいめ》に仕立てた根深汁《ねぶかじる》に、生卵と梅干し、大根の浅漬《あさづけ》だけのものだが、その熱い根深汁を一口《ひとくち》すすりこんだ彦次郎と小杉十五郎が、

「おや……？」

「これは妙だ」

と、顔を見合わせた。

「うまいかね？」

と、梅安。

「うまい。こんな根深汁は、はじめてだが……」

いいさした彦次郎が椀《わん》の中を凝《じっ》と見て、

「ははあ……」

「わかったか？」

「胡麻《ごま》の油を少し、落しなすったね？」

「うむ。ほんの少し」

「ふうむ……」

十五郎は唸っている。

それを見やった梅安が、くすりと笑って、

「小杉さん。ふだんは、こんなまねをしないことだが、躰に骨を折らせたときは、ふしぎにうまい」

「なるほど」

「うまい、うまい。たまらねえな」

彦次郎は、気もちのよい音をたてて浅漬を噛み、根深汁を三杯、飯を四杯も腹へおさめた。

「今朝の彦さんは、まるで牛か馬だね」

「むりもない。一人で荷車を……」

「いや、小杉さん。あなたに後押しをされたのでは、かえって怪しまれるからねえ」

朝飯をすませてから、三人は密談をはじめた。

三人の前に、彦次郎が描いた絵図面のようなものがひろげられた。

密談は、一刻ほどで終ったが、そのとき、若侍が目をさました。

「正之助さん、お目がさめましたかえ。さ、そこを出て、こっちへおいでなさい」

声をかけた彦次郎へ、うなずき、葛籠から出た若侍が、

「いつの間にか、着きました」

「はい、はい。どうです。この家を、おぼえていなさるかね？」

「おぼえていますとも」

「これはどうも、つまらないことを尋いてしまいましたね」

「いえ、よいのです」

「お腹がすきましたろう。いま、汁をあたため直しましょう」

梅安が、そういうのへ、

「よし。おれがやる」

彦次郎が、台所へ出て行った。

冷え冷えと晴れわたった朝である。

やがて、藤枝梅安は一人、彦次郎の家を出た。

ふたたび、萱野の亀右衛門宅へおもむいたのだ。

この日の梅安は着ながしに羽織をつけ、塗笠《ぬりがさ》に顔を隠し、竹の杖をつき、脇差を腰に帯《たい》している。

ちょっと見ると、御家人《ごけにん》の隠居のような姿《いでたち》であった。

三

この日の昼前に、池田家の奥用人・浅岡弥兵衛は、中小姓《ちゅうごしょう》をつとめている宇野伝七郎《うのでんしちろう》をともない、池田屋敷を出た。

宇野伝七郎は、浅岡用人の腹心《ふくしん》の者で、奥方の増子も信頼している。当年二十七歳で、一刀流をかなり遣《つか》うらしい。

二人は編笠に顔を隠し、御徒町から上野山下へ、向った。

怪しい手紙が指定してよこした金杉村新田の地蔵堂までは、池田屋敷から、さほどに遠くない。半里余の道のりであった。

二人は、地蔵堂の周辺を見まわりに出たのだ。

上野山下は、天台宗の関東総本山であり、徳川将軍の菩提所《ぼだいしょ》でもある東叡山《とうえいざん》・寛永寺の門前町といってよい。

南に広小路、西に不忍池《しのばずのいけ》をひかえ、商舗や料理、それに見世物の仮小屋や茶店などが押し並び、両国や浅草の盛り場にも劣らぬにぎわいを見せている。

上野山下から車坂へ出ると、左は上野の山、右手に組屋敷などがならぶ坂本の通りへ、浅岡と宇野は折れ曲がって行った。

坂本の往還《おうかん》は、金杉・三ノ輪を経て、千住大橋へむすんでいる。

したがって、この大通りは奥州・水戸街道の道すじにあたるわけで、両側には、さまざまな商店や居酒屋、料理屋などが軒を連《つら》ねていた。

小杉十五郎が、かつて、なじみの店であった〔鮒宗《ふなそう》〕も、この通りにある。

川魚や蜆汁《しじみじる》で酒をのませる、この店は、いまも繁昌《はんじょう》しているらしい。

ところで……。

この通りを坂本のあたりから左へ切れ込み、寺院がたちならぶ小道を折れ曲がって行くと、いつの間にか、あたりの景観は、

(これが、江戸市中なのか?)

そうおもわれるほどに変ってしまう。

根岸の里へ出たのだ。

むかしの本に、

「呉竹《くれたけ》の根岸の里は、上野の山蔭《やまかげ》にして、幽婉《ゆうえん》なるところ。都下の遊人これを好む。この里に産する鶯《うぐいす》の声は世に賞愛《しょうあい》せられたり」

とあるような田園の風景の中に、諸家の寮《りょう》(別荘)や、隠宅が竹藪や木立の中に点在していたのである。

金杉新田は、根岸の里を、さらに奥へ入ったところにあった。

この村里にも、幕府が百姓町屋《まちや》をゆるしているので、人家がないことはないが、地蔵堂のまわりは、木立と竹藪で、

「昼、なお暗し」

と、物の本にも記《しる》されている。

小さな地蔵堂の中に、愛らしい地蔵さまが安置してあるのだが、ちかごろは酔って通りかかる男どもが尿《ゆばり》をかけたりする。

まことにもって、ふとどきなことで、

「こうなったら仕方がない」

百姓町屋の人びとが地蔵堂へ扉をつけ、錠《じょう》をかけてしまった。

月の内、何度か扉を開き、金杉村新田の百姓たちが地蔵堂を掃《は》き清め、花をささげたり、拝んだりしているということだ。

「ふうむ、此処か……」

地蔵堂の前へ立った浅岡弥兵衛が、

「宇野。何と、おもう?」

「物さびしいところですな」

「うむ」

「御用人……」

「何じゃ?」

「まことに、正之助様は御無事なのでございましょうか?」

「わからぬ。御家老の腹心・山本惣六と井坂為次郎な……」

「はい」

「山本は斬って捨て、井坂のほうを捕えて、柳島の御下屋敷へ押し込め、拷問《ごうもん》にかけて責めたててみたが、どうしても白状をせぬ。そのうちに、責めつけられて息絶えてしまってな」

「責めすぎましたな」

「何しろ、関根重蔵のやることは凄《すさ》まじい」

「なれど、まことに、山本と井坂が正之助様の行方を知っているのでしょうか?」

「ふうむ。行方知れずとなった、あの日の昼すぎに、正之助様はただ一人にて裏門から出て行かれたそうな。わしも、うっかりとしていた。門番どもへは、すぐにもどると笑いかけて、出て行かれたそうな」

「はあ……」

「なれど、これはやはり、御家老の密計によって、正之助様を、うまくさそい出したにちがいない。そもそも、山本と井坂が毎日のように、浅草あたりを徘徊《はいかい》していたというのがおかしい。な、そうおもわぬか?」

「たしかに、怪しくおもわれますな。ですが御用人……」

「何じゃ？」

「私は、御家老よりも、辰馬様が、何やら糸を引いているようにおもえてなりませぬ」

「む……それも、ある」

「三日ほど前に辰馬様は、ほれ、佐久間町の高田玄丹《げんたん》たちを連れて、柳島の御ト屋敷へあらわれたそうではありませぬか」

「そのことよ」

「いったい、何のつもりで？」

「しかも、酒盛りをしながら、一夜を泊りなされたそうじゃ」

「やはり、山本と井坂が行方知れずとなったので、探《さぐ》りにまいられたのでしょうかな？」

「ふうむ……ともかくも、辰馬様には気をつけねばなるまい」

「それにしても御用人。こうなると、困りましたな。たのみにする関根重蔵先生が怪我《けが》をして身うごきができぬというのでは……」

「まさか、辰馬様が糸を引き、高田玄丹一味に関根を襲わせたのではないだろうな？」

「ばかな。玄丹一味など、何人かかっても、関根先生を討てるわけがありませぬ」

「関根は、これは自分ひとりのことゆえ、かまわんでもらいたいと申しているそうな」

「妙ですなあ」

「わからぬ。実に、わからぬ」

「御用人……」

と、不安そうに目を瞬《しばたた》いた宇野伝七郎が、

「どうも、こちらが出遅れてしまったようですな。関根先生が前に申されていたように、先ず、辰馬様を亡《な》きものにしてしまったほうがよかったのではありませぬか?」

「だが、相手方にも油断はない」

「いや、関根先生に、すべてをまかせてしまえばよかったのです」

「いかに、おぬしが引き入れた関根重蔵といえども、そこまでは、わしも、また奥方様も……」

「信用できぬと申されるので?」

「いや、いまはちがう。奥方様も、いよいよ、関根に辰馬様を暗殺させようと御決心なされた、その矢先に正之助様が行方知れずとなってしまわれたのではないか」

「なれば、出遅れたと申しているのです」

「いまさら、さようにいうても取り返しのつかぬことじゃ」

たがいに声が激しくなってきて、二人は笠の内から、睨《にら》み合うかたちとなった。

やがて、浅岡弥兵衛が、

「ともあれ、今夜のことじゃ。手ぬかりはあるまいな」

呻《うめ》くように、いった。

「するだけのことは、いたしましたよ」

宇野伝七郎は浅岡用人を見下すような態度で、舌打ちを洩《も》らし、先へ立って歩み出した。

四

ちょうど、そのころ……。

外神田の佐久間町にある高田玄丹の道場の奥の間に、池田備前守の長男・辰馬の姿を見ることができる。

高田玄丹は四十前後の堂々たる体軀《たいく》のもちぬしで、彦次郎が玄丹を見れば、

(ああ、あのときの……)

たちどころに、おもい出すことができるであろう。

三日ほど前に、池田屋敷から出て、いったんは、この道場へ入った三人のうちの一人で、その中の若侍が町駕籠へ乗るとき、

「辰馬様……」

と、よびかけたのが、高田玄丹であった。

いま、ここにあつまったのは、その若侍……いや、池田辰馬と高田玄丹と、屈強《くっきょう》の浪人剣客四名である。

「玄丹先生……」

池田辰馬が、四人の剣客を見まわして、

「これだけで……？」

不安そうに、いい出たのへ、

「何、大丈夫でござる」

きっぱりと、高田玄丹がこたえた。

「拙者《せっしゃ》をふくめて五名。これだけで充分でござる。相手方も関根重蔵をふくめて六、七名。それを夜半に潜入して襲うのだから、わけもないこと」

「だが、関根は恐るべき奴だそうな」

玄丹は、自信にみちた薄笑《うすわら》いを浮かべ、

「先日、あなた様の御供をして、柳島の御下屋敷へまいり、一夜を泊《はく》したので、屋敷内の様子も、よくわかってござる」

「関根は、ついに、顔を見せなんだ」

「さよう」

「関根のいる一間《ひとま》は、おそらく、此処にちがいない」

こういって池田辰馬が、前にひろげられた絵図面の一箇所を指して、

「何としても、関根重蔵を討ち取らねばならぬ」

「おまかせ下さい」

「それにしても、行方知れずとなった山本と井坂は、どうしたものか……？」

「やはり、関根一味に殺害されたのではありますまいか」

「ふうむ……」

辰馬が唇《くち》を嚙みしめて、

「柳島の下屋敷は、敵方の巣窟《そうくつ》だが、関根一味をのぞいては、いずれも腰ぬけばかりゆえ……」

「そのようでござるな」

「われらがまいって、酒盛りをはじめたときには、下屋敷の者ども、目を白黒させておった」

と、池田辰馬が愉快そうに笑い出しながら、ふところから金包みを出し、高田玄丹の前へ置いた。

いかにも重そうな金包みである。

「これは、約束の金《もの》。受けてもらいたい」

「恐れ入ります」

「尚《なお》、私が家督《かとく》をした折には、玄丹先生の道場を立派に建てて進ぜようし、何かと、ちからになりましょう」

「かたじけなく……」

「何事にも、私は表に立つことができぬゆえ、よろしゅうな」

「心得ております」

「では、御一同。たのみましたぞ」

池田辰馬は玄丹たちを見まわして、そういった。

玄丹と四人の剣客が、うなずいた。

そのうちの一人が、

「拙者、お見送りを……」

「そうだ。御屋敷まで、お送りせよ」

と、高田玄丹。

先日、玄丹と共に辰馬の供をして、柳島の下屋敷へおもむいた剣客が、辰馬と共に道場を出て行った。

そのころ……。

すでに、藤枝梅安は萱野の亀右衛門宅へ到着していた。

町駕籠を拾って来たので、

(少し、早かったか……)

そうおもったのだが、亀右衛門は梅安を待ちかまえていた。

女房を、わざと使いに出しておいたらしい亀右衛門が、興奮《こうふん》を隠そうともせず、

「今朝、急に、起《おこ》りのほうから知らせがまいりましてね」

「ほう……」

「池田様の二男の正之助が行方知れずになってしまったのだそうで」

「いつ？」

と、梅安は、そ知らぬ顔であった。

「それが、もう、何日も前のことらしいので」

「起りの人の耳へは、いままで届かなかったのかね？」

「いえ、こんなことが外へ洩れたら大変なので……」

「何分、四千石の御《ご》大身《たいしん》ゆえ、もっとものことだが……では、亀右衛門さん。奥方を仕掛けるのを、少し先へのばしてみてはどうか？」

「いいえ、とんでもない」

亀右衛門は、烈《はげ》しくかぶりを振り、

「池田様の奥方には、まだ、小三郎という子がいます。いずれにしろ、あの女を生かしておいては……」

「わかった。それで、私がたのんだことは、わかりましたかえ？」

「わかりました、わかりました。起りの人に問い合わせましたら、すぐに返事が……」

「ふむ、ふむ」

「池田備前守様を診《み》ていなさるのは、表御番医師の村岡玄道様だそうで」

「ほう。さすがに御大身だ。それで、村岡玄道の屋敷は？」

「御徒町だそうで」

「では、池田屋敷の近くか……」

こういって、藤枝梅安は腕を組み、凝《じっ》と、うごかなくなった。

大きく張り出た額《ひたい》の下に埋め込まれたかのような梅安の両眼が閉ざされ、

「近いな……」

微《かす》かに、つぶやきが洩れた。

萱野の亀右衛門は、息をのんで梅安の顔を見まもっている。

それから、二人の密談は一刻におよんだ。

五

この日。

御徒町の池田備前守屋敷内では、音も声もない一種のざわめきが絶えなかったようだ。

ことに、奥向きの様子が、あわただしい。

朝から、用人・浅岡弥兵衛腹心の家来たちが、裏門から出たり入ったりしはじめた。

裏門に詰めている足軽たちも、奥方の増子と浅岡用人の支配下にあるらしい。

これにくらべると、表のうごきは、平常とさして変りないように見える。

しかし、家老の伊藤新左衛門は、表の御用部屋からうごかず、そこへ、表の用人をつとめる村田勘助が度《た》び度び出入りをするのが、いつもとはちがう。

村田用人の態度は平静そのものだが、その顔色は、いくぶんの緊張をたたえているかのようだ。

いずれにせよ、池田屋敷の〔表〕と〔奥〕は、それぞれに別れ、

「反目し合っている……」

と、看てよい。

〔奥向き〕は、殿様夫妻の居住区であるだけに、多勢の侍女たちの中にいる家来たちは少ない。

だが〔表〕にいる家来たちの中にも、〔奥〕の浅岡用人に通じている者が少なくないのだ。

ゆえに〔表〕の家来たちも、それとなく、たがいたがいのうごきを注視し、密《ひそ》かに、

「探り合っている……」

のである。

そして……。

夕暮れ近くなったとき、侍女の奈加の姿が奥から消えていた。

金杉新田の地蔵堂周辺を検分《けんぶん》におもむいた浅岡弥兵衛は、やがて、池田屋敷へもどって来たが、宇野伝七郎は帰って来ない。

宇野は、途中で浅岡と別れ、何処《どこ》かへまわったらしい。

池田辰馬も屋敷へもどって来た。

辰馬の居室は〔奥〕にあるのだが、このところ、彼は〔表〕の一間に寝起きしている。

その一間へ入るや、辰馬が家来をよび、

「伊藤新左衛門を、これへ」

と、命じた。

すぐに、伊藤家老があらわれ、

「御用で？」

「おお。ま、入りなさい」

「ごめんを……」

家老をつとめる伊藤に対しては、辰馬も、表向きは一応の敬意をはらっているらしい。

「その後、どうなっています？」

「は……何のことでありましょう？」

「何のこと……」

辰馬が苦笑して、

「また、お惚《とぼ》けなさるか」

「何をもって、さような……」

「正之助の行方は、まだ、わからぬのか？」

「はい」

「山本と井坂の行方は？」

「山本と井坂……」

「さよう」

「その二人については、辰馬様がおわかりにならぬのに、何をもって私にわかりましょうや」

辰馬が嫌《いや》な目つきで、伊藤新左衛門を見た。

伊藤は、何の感情も浮いては見えぬ両眼を細めたままで、

「御用とは、そのことで？」

「さよう」

「ほかには何も……？」

「父上の御容態は？」

「もはや、落ちつかれましてござる」

辰馬は、まだ何か伊藤に尋ねたいことがあったらしいが、

「取りつく島もない……」

ような伊藤家老の態度に、

「もう、よい」

吐き捨てるようにいった。

「では、これにて……」

「あ、待たれ」

「は？」

「正之助の行方を、探《さが》させているのか、どうか……いざともなれば、上《かみ》へ届け出ねばなるまい」

「さよう……」

「なんとするつもりか？」

「さて……」

「さてでは、父上もお困りになろう」

「いえ、殿様のお耳へは達しておりませぬ」

「何故か？」

するると伊藤が、じろりと辰馬を見やって、

「さような心配事を、心ノ臓をお病《や》みあそばす殿様のお耳へ入れてよいものかどうか、おわかりになりませぬのか」

低いが、きびしい声でいい、颯《さっ》と出て行ってしまったものである。

辰馬は、憎悪をこめた視線を、出て行く家老の背中へ射つけた。

「無能なやつ」

舌打ちの後で、辰馬の唇《くち》から洩れたつぶやきは、この一言であった。

夕闇がただよいはじめた。

浅草の外れの、塩入土手下の彦次郎の家は、表・裏の戸が固く閉ざされている。

だが、中には、あの若侍が……というより、もう彼を池田正之助とよんだほうがはっきりするだろう。

池田正之助が臥床《ふしど》へ入り、ぐっすりと眠っていた。

まことに、よく眠る。

食べては眠る。目ざめては食べる。

そして、目ざめるたびに、正之助は元気を増して行くようにおもえる。

小杉十五郎は、正之助の枕元に坐り、その寝顔を見たり、煙草を吸ったり、肩のこらぬ本をめくったりしている。

彦次郎は、一刻ほど前に、

「それじゃあ、小杉さん。行って来ますぜ」

「梅安どのと待ち合わせることになっているのだな?」

「そうですよ。へ、へへ……今夜は見ものだね」

「気をつけてくれよ」

「なあに。それじゃ、後をたのみましたぜ」

こういって、何処かへ出て行ったのだ。

六

この日の夜ふけの、五ツ半……。

女頭巾《おんなずきん》をかぶって面体《めんてい》を隠した侍女の奈加を取り囲むようにして、用人・浅岡弥兵衛と池田家の中小姓・宇野伝七郎。それに四名の浪人剣客が、金杉村新田の地蔵堂の前に立っている。

侍女の奈加は、奥方の増子の身がわりとして来たわけだが、

(これだけのことで、相手方が正之助様を返してくれるものか、どうか……?)

である。

大金の要求もない。

（あの、手紙のぬしは、何者なのか……？）

浅岡用人にも、まったく見当がつかなかった。

あるいは、長男の辰馬に与《くみ》する者たちが、自分たちを、このようにさびしい場所へさそい出し、襲いかかることも考えられる。

なればこそ、浅岡用人は、柳島の下屋敷にいる屈強の浪人四名を、護衛に出張《でば》らせたのだ。

関根重蔵は右脚に重傷を負ってしまったので、まだ身うごきができぬ。

しかし、関根の息がかかった四名の腕前は、

「相当なもの……」

と、宇野伝七郎が受け合っている。

「あらわれぬな」

浅岡が宇野に、ささやいた。

「はあ……」

「何処ぞで、われらを見張っているやも知れぬ」

「いかさま……」

いずれにせよ、夜ふけの、この場所へ、奥方の増子をよび寄せようとしている相手ゆえ、油断はならぬ。

大金と引きかえに正之助をわたすというのなら、まだ、さまざまな想像をよぶこともできるが、あの手紙には一文《いちもん》の要求もない。

「身がわりと、気づいているのであろうか……」

「いや、御用人。相手も、まさかに本物の奥方様が、お運びになるとは考えておりますまい」

「むう……」

「なれど、ついには奥方様がみずから、お運びになることに、のぞみをかけているのではありますまいか」

「すると相手は、何としても奥方様を、この場で見ぬことにはおさまらぬというわけか……」

「よくわかりませぬが、相手は、われら警護の者について、何とも申してはおりませぬのか？」

「手紙には、何とも書いてないのじゃ」

「すると、たとえば何十人もの警護があったとしても、かまわぬというわけなのですかな」

「ともかくも、奥方おひとりで来るようにとは書いてない」

「ふうむ……」

「あらわれぬな。やはり、今夜はむだになったようじゃ」

「そのようですな」

「奥方様は、何と、おっしゃるであろうか……」

「さて……」

浅岡も宇野も、さすがに、あぐねきっているようだ。

それでも、およそ半刻（一時間）は、地蔵堂の前に立ちつくしていたが、

「これまでじゃ。もどることにしよう」

ついに、浅岡弥兵衛が断を下した。

一行が立ち去った後、地蔵堂の前を通りかかる人もない。

冷え冷えとした夜の闇がたちこめているばかりであった。

と……。

大きな男の影が、地蔵堂の後ろにあらわれた。

藤枝梅安である。

梅安は、あたりの気配を注意ぶかく窺《うかが》ってから、地蔵堂の前へまわり、

「彦さん。大丈夫か？」

低く、声をかけた。

「平気、平気」

と、彦次郎の声が地蔵堂の中から聞こえた。

「よし。いま、開ける」

梅安が鍵を出し、地蔵堂の扉の錠前を外した。

仕掛人の彦次郎にかかっては、こうした錠前を外す鍵をつくることなど、

「朝飯前のこと……」

なのである。

この地蔵堂のことは、梅安も彦次郎も、以前からよく知っていたのだ。

前に、小杉十五郎と知り合った当時、金杉の〔鮒宗《ふなそう》〕の亭主から、

「世の中もひどくなったもので。裏の金杉新田の地蔵さまへ、酔っぱらいが小便を引っかけるのだそうですよ。そこでね、土地《ところ》の人たちが、たまりかねて扉をつけて、錠前をかけたということでござんすよ」

と、聞かされていたのであった。

「梅安さん。やっぱり、身がわりだったよ」

「そうだろうな」

地蔵堂から出て来た彦次郎が、

「いや、せまいのなんの、地蔵さまの背中へ抱きついたまま、身うごきもならなかった。さすがの私も音《ね》をあげましたよ」

「御苦労だったね」

地蔵堂の錠前を元どおりにしてから、二人は提灯《ちょうちん》もつけず、闇の中を歩み出した。

「奴らが、ぼそぼそとはなし合っている声を聞いていると、いずれは、池田様の奥方が出て来そうにもおもえるね、梅安さん」

「そうか……それで？」

「だが、地蔵堂の中から、奥方に吹矢《ふきや》を射込むのは、ちょいとむりのようだ」

「扉の格子の間から、射込むことはできるが、一度で息の根をとめるのはむずかしい。みんな、頭巾をかぶっていやがるしね」

「ふうむ……」

「どうなさる？」

「そうだな……」

「やれというのなら、やってみますがね。だが、今度、よび出すときは、大金をよこせといったほうがいい。そのほうが、奴らは却《かえ》って安心をするのじゃないかね、梅安さん」

「そうだろうな」

二人は、金杉の大通りとは反対の畑道を、ゆっくりと日暮里《にっぽり》の方へ歩んでいる。

「むずかしい」

梅安が、つくづくと嘆息を洩らし、

「御大家《ごたいけ》の奥方を仕掛けるなぞというのは、まったく、むずかしい」

「だが、あんなに素直な正之助さんの生みの母を殺《や》るのは、どうかねえ」

「いや、これは萱野の亀右衛門さんとの約定《やくじょう》だよ、彦さん。お前が、そんなことをいっては困るねえ」

「いや、まったく。私も、どうかしている」

「それに……それに、生みの親にもよりけりだ。あんな母親が、いつまでも生きていては、いまに正之助さんも、きっと、困ることになろうよ」

「ちげえねえ。それはそうだ」

「よし」

急に、藤枝梅安が立ちどまって、強くうなずいた。

「どうなすった？」

「彦さん。こうなれば、おもいきって仕掛けるよりほかはない。小杉さんにも手つだってもらい、三人がかりでやってみよう」

「どんなことだね？」

「地蔵堂が、うまく行かぬことも考えて、いささか、仕度をしてあるのだ。ま、お前の家へもどって、酒でものみながら、ゆっくりと相談をしよう」

ちょうど、そのころ……。

浅岡用人と宇野伝七郎、奈加を御徒町の池田屋敷へ送りとどけた四名の浪人剣客は、柳島の下屋敷へもどりつつあった。

四名が出て来たので、いま、下屋敷には重傷の身を横たえている関根重蔵のほかに、二名の浪人がいるだけであった。

そのほかには、留守居の池田家の家来が二名、門番や小者が合わせて五名ほどだ。

いま、五つの黒い影が柳島の下屋敷の塀を乗り越え、邸内へ潜入した。

高田玄丹をふくめた五名の剣客である。

彼らは、筒袖《つつそで》の上着の下に鎖襦袢《くさりじゅばん》をつけ、軽衫《かるさん》ふうの袴に草鞋《わらじ》をはき、覆面《ふくめん》をしている。

斬り合うための、充分な身仕度といってよい。

そのほかにも、塀を越えるための鉤縄《かぎなわ》や、半弓《はんきゅう》までも用意してきていた。

玄丹たちは、四名の浪人剣客が浅岡用人の要請《ようせい》を受け、金杉新田へ出張っていることを、まったく知っていない。

「みんな、よいか」

高田玄丹は、奥庭まで忍び込んでから、四名の剣客とうなずき合った。

そして、しずかに剣を抜きはらい、

「行くぞ」

と、いった。

寒鯉《かんごい》

一

柳島の池田家・下屋敷の敷地は八百坪ほどだが、建物は、さほどに大きいものではない。

奥庭に池があり、その向うに母屋。右手に藁《わら》屋根の風雅な造りの離れ屋が見えた。

母屋と離れ屋をむすぶ渡り廊下が、池の縁《ふち》をすれすれに通っている。

この下屋敷は場所柄、田園の風趣をとりいれたもので、庭も、むかしからの樹々や竹藪《たけやぶ》を、そのままに残してあるようだ。

病状が軽快のときの池田備前守は、この下屋敷で暮すことを好んでいたそうな。

さて……。

高田玄丹《げんたん》以下五名の剣客たちは、音もなく、渡り廊下の下まで潜入して来た。

母屋は、雨戸が固く閉ざされていたけれども、渡り廊下の向うの離れ屋の板戸の隙間《すきま》から灯りが洩《も》れている。

関根重蔵と六名の浪人剣客は、この三間《みま》つづきの離れ屋に起居《ききょ》しているらしい。それを、先日、高田玄丹たちを連れて来て、下屋敷に一泊した池田辰馬は突きとめている。

玄丹が、剣客のひとりを、

「山口……」

と、よび、うなずいて見せた。

うなずき返した浪人剣客の山口友次郎《ともじろう》は、渡り廊下へあがり、片膝《かたひざ》を立てて大刀を抜いた。

山口は、母屋からあらわれる者に対しての備えなのであろう。

「井上……」

また、玄丹がよんだ。

うなずいた井上が渡り廊下へあがり、半弓へ矢を番《つが》えた。

「よし」

玄丹は、二人の剣客と共に這《は》うようにしてすすみ、離れ屋の戸口の手前で、渡り廊下へあがった。

それと見て、半弓に矢を番えた井上が、じりじりと渡り廊下から近寄って来た。

そのとき、

「だれだ？」

離れ屋の中から声がして、板戸が引き開けられ、関根重蔵配下の浪人が渡り廊下へあらわれた。

井上の半弓から矢が飛び、その浪人の胸へ突き立った。

「うわあ……」

絶叫をあげてよろめく浪人の躰《からだ》をはねのけ、高田玄丹と二人の剣客が離れ屋の内へ躍り込んだ。

そこは、小廊下であった。

左右両側の障子の内に灯りがともっている。

玄丹と剣客ひとりが、右側の障子を引き開けて中へ飛び込んだとき、

「なんだ、どうした？」

叫びつつ、左側の障子を開けて小廊下へ出て来た関根配下の浪人のひとりを、

「たあっ!!」

待ちかまえていた玄丹一味の剣客が斬りはらった。

「うわ……」

顔から顎《あご》へかけて切り割られた浪人が仰向けに、出て来た部屋の中へ倒れ込んだ。

このとき、左側の部屋へ躍り入った高田玄丹は、そこに誰もいないのをたしかめ、奥の部屋との境の襖《ふすま》を蹴破っている。

そこに、関根重蔵がいた。

関根は、まさかに、このような奇襲を受けようとは、

(おもってもみなかった……)

ことだろうし、高田玄丹も、これほど簡単に関根へ肉迫できようとは考えていなかった。

何といっても、この夜、このとき、四人の浪人剣客が関根の側をはなれ、金杉新田へ出張《でば》っていたことが致命的であったといえよう。

この夜。

関根重蔵は、右脚の傷の激痛が軽くなったので、宵《よい》の口《くち》から、ぐっすりと寝入っていた。

浪人の絶叫と、異常の物音に目ざめた関根が、枕元の大刀をつかみ、飛び起きようとして、

「ああっ……」

脚の痛みに尻餅《しりもち》をついた。

このとき、高田玄丹が次の間へ飛び込み、襖を蹴倒した。

「うぬ！」

そこは関根だ。

起きあがれぬままに、大刀を抜きはらった。

その真向《まっこう》から、

「やあっ!!」

高田玄丹が、猛然と大刀を打ち込んだ。

「う……」

どうしようもない。

関根は、玄丹の一刀を鍔元《つばもと》で受けとめた。

受けとめはしたが、しかし、何分にも尻をついたままゆえ、腰にも躰にもちからが入らぬ。

したがって、玄丹の刀を受けとめた両腕も鈍《なま》ってくるのは当然であった。

「関根重蔵だな」

鍔迫合《つばぜりあい》のかたちで、ぐいぐいと刀身《とうしん》を押しつけながら、高田玄丹がいった。

「な、何者……」

「やはり、関根か」

「く、くく……」

無念である。

右脚さえ満足なら、このような不覚をとる関根ではないのだ。

玄丹の刀を、はね返すこともできず、受けとめたままの関根の刀の峰が右肩のあたりまで押しつけられた。

そのとき、高田玄丹が、

「えい!!」

渾身《こんしん》のちからをこめて刀を押しつけざま、関根の頸《くび》すじを切り裂いて飛び退《の》いた。

ぴゅっと、関根の頸から血がはね飛んだ。

白い眼をむき出し、何か叫んだ関根の脳天へ、玄丹の二の太刀が打ち込まれた。

関根重蔵は、刀を落した腕を天井へ突きあげるようにし、血飛沫《ちしぶき》をあげて仰向けに倒れた。即死である。

高田玄丹は、関根の死を見きわめてから、渡り廊下へ走りもどった。

配下の剣客四人があつまっている。

ほかに、人影はない。

「だれも、おらぬのか?」

と、玄丹。

「出て来ませんよ」

山口が、こたえた。

「関根重蔵は、たしかに斬って殪《たお》した」

「ほう……」

「さすがは玄丹先生」

「後は、どうします？」

口々に尋《き》く剣客たちへ、

「これまでだ。引きあげよう」

「もっと、いたはずだが……」

「女でも抱きに出かけたのだろうよ」

五人は、引きあげにかかった。

これを、物蔭から、池田家の家来二名と足軽・小者たちが窺《うかが》っている。

いや、目を凝《こ》らしてはいるのだが、闇の中のことだし、よく見えないのだ。

「ど、どういたします？」

足軽のひとりが尋くのへ、家来が、

「しずかにしていろ。離れの浪人たちのことだ。われらが関わり合ってはならぬ」

とても、飛び出して行くだけの気力はないのである。

高田玄丹たちは無事に塀《へい》を乗り越え、姿を消してしまった。

雨が、音もなく降り出したのは、そのころであったろう。

「朝になったら、御徒町《おかちまち》の御屋敷へ知らせねばなるまい」

「当然だ」

「何といって知らせよう？」

「物音がしたので起き出て見たら、曲者どもは、すでに逃げてしまっていたといえばよい」

「それもそうだな」

「関根先生たちは、みんな、死んでしまったらしい」

「出て行った四人が、もう、そろそろ帰って来るのではないか？」

「さて……」

「嫌《いや》なことばかりつづくなあ」

「まったくだ。血のにおいが、此処《ここ》までただよってくる。まったく、かなわぬ」

奥庭の池のほとりで、ふたりの家来たちが、ぼそぼそとささやきかわしている。

二

翌日は、前夜からの雨が、夕暮れまで降りけむっていた。

塩入土手の彦次郎の家は、今日も戸を閉ざしたままだ。

しかし、家の中には、藤枝梅安と小杉十五郎、彦次郎の三人が小さな炬燵《こたつ》を囲み、朝から密談にふけっていた。

池田正之助は、奥の小部屋の臥床《ふしど》で眠ったり、目ざめたりしている。

正之助が目ざめると、十五郎が奥へ行き、はなし相手になってやった。

密談といっても、藤枝梅安は、ほとんど口をきかぬ。

炬燵へ足を入れ、肘枕《ひじまくら》で寝そべったまま、何やら沈思《ちんし》しつづけているのである。

昼すぎになって、

「そろそろ、腹が減ってきた。さて、台所に何があるかな」

つぶやいて彦次郎が立ちあがったとき、梅安が、むっくりと巨体を起し、

「彦さん。小杉さん。ちょっと来てくれぬか」

と、いった。

小杉十五郎が奥から出て来たのへ、

「正之助さんは？」

「いま、また眠ったようだ。よく眠ることよ」

「何だね、梅安さん」

と、彦次郎が坐り直した。

さて、それからの密談が長かった。一刻（二時間）はかかったろう。

十五郎も彦次郎も、梅安のいうことを聞きながら、それぞれ意見をのべていたようだが、

「よし、きまった」

先ず、彦次郎が手を打って、

「早いところ、やっつけてしまわねえと、どうにもならねえからね」

にやりと笑い、

「失敗《しくじり》を怖《こわ》がっているのではないが、いかになんでも梅安さんの考えが凄《すご》すぎたので、ちょいと度肝《どぎも》をぬかれたまでさ」

十五郎は、黙って苦笑をしている。

梅安も苦笑を浮かべて、

「小杉さん。仕掛けの世界から足を洗いなさいとすすめながら、私の仕掛けの手つだいをさせる破目《はめ》になってしまい、申しわけがない」

十五郎は、しずかにかぶりを振った。

「だが、これはどうしても、いっしょに行ってもらわねばならぬ。私ひとりでは怪しまれよう。小杉さんと二人なら、何とか恰好《かっこう》がつこうというものだ」

「ふ、ふふ……」

「おかしいかね？」

「何、おもしろくなってきた」

凝《じっ》と見つめてくる十五郎に、梅安は目を伏せて、ためいきを吐いた。

「それじゃあ、梅安さん。舞台の衣裳を調達してきますぜ」

「金はあるか？」

「まだ、たっぷりと残っている。帰りに何か、腹の足しになるものを買ってくるから、それまでは我慢をしていて下さい」

彦次郎は、手早く身仕度をととのえ、裏口から外へ出て行った。

それを見送った梅安が、

「十五郎さん。この仕掛けが終ったら、彦さんと三人で熱海の温泉《ゆ》へでも行き、ゆっくりと手足を伸ばしましょうかね」

「それはよいな」

「いずれにしろ、当分は江戸にいないほうがよい。三人ともね」

「うむ」

うなずいた十五郎が、

「正之助さんが目ざめたらしい」

「そうか……」

「梅安どの。いま、やってみようか？」

「うむ」

硯箱《すずりばこ》と紙を持ち、二人は奥の小部屋へ入って行った。

「お目ざめか？」

「はい」

いまは、もう、梅安たちにすっかり頼りきっている池田正之助であった。

「一つ、この紙へ書いていただこうかな」

「何と書きます？」

「さよう……」

梅安が正之助へ筆を持たせ、一語一語、ゆっくりと嚙んでふくめるようにいうと、正之助は素直に筆をうごかしはじめた。

若いにしては、なかなかの達筆である。

小杉十五郎は、喰い入るように正之助の顔を見まもっていた。

書き終えた池田正之助が、自分の字を見つめたまま、身じろぎもしなくなった。

その眼の色に、何かがうごいている。

「母……母上……」

と、正之助がつぶやき、両眼を閉じた。

必死に、記憶をよび起そうとしているらしい。

「悪いようにはいたしませぬ。安心をしていなされ」

梅安が正之助の耳もとへ口を寄せ、やさしくささやくと、眼をひらいた正之助が童児《わらべ》のような表情になって、二度三度とうなずいた。

池田正之助の記憶が徐々《じょじょ》にもどりつつあることは、たしかであった。

二人の侍に襲われたときのことも、

「たしかに、二人の男によび出され、ひとり、屋敷を出たようにおもいます」

と、いう。

「屋敷……屋敷といわれたな？」

「さよう……」

「どこの屋敷かね？」

この小杉十五郎の問いかけには、

「さあ……」

まだ、記憶がよみがえらぬ。

けれども、十五郎や梅安が、

「正之助さん」

と、よべば、

「はい」

こたえるようになった。

もっとも、これは、確信があってこたえているのではない。梅安たちが、

「池田正之助というのが、どうやら、あなたの名前らしい」

そういうものだから、それに従って素直に返事をしているのだが、まったく記憶にないわけでもない。

「たしかに、聞きおぼえがあるような……」

正之助は、そういった。なればこそ、はじめて彦次郎に呼びかけられたとき、はっと振り向いたのであろう。

正之助の傷は、日に日に癒《なお》りつつあるが、何といっても二十日に近い明け暮れを寝たきりで過してきたため、体力が回復していない。

梅安も十五郎も、そして彦次郎も、

「これだけ長く面倒をみていると、情が移ってしまっていけない」

「いや、移れば移ったでよいのさ。私たちは、おのれが好むところによってうごけばよい」

「今度の仕掛けのことよりも、正之助さんの始末がむずかしいねえ」

などと、いい合っている。

池田家の内紛は、あくまでも幕府《こうぎ》をはばかり、当主・備前守照秀の病体衰弱《びょうたいすいじゃく》による家督《かとく》の争いが、ついに二男・正之助の暗殺というかたちになってあらわれた。

このような事態が表沙汰《おもてざた》となれば、いかに大身《たいしん》の旗本といえども、幕府の咎《とが》めを受けるの

は当然といってよい。

この日の朝。

柳島の下屋敷における異変が、御徒町の池田屋敷へ密《ひそ》かにもたらされた。

これを聞いて、奥方の増子と奥用人・浅岡弥兵衛は愕然《がくぜん》となった。

前夜……。

金杉新田へ出張った四人の浪人剣客たちは、下屋敷へもどって来て、離れ屋の凄惨《せいさん》な光景を見るや、

「どうしたことだ、これは……」

「関根さんが、この始末《しまつ》では、もはや、どうにもならぬな」

「この上、池田家に関《かか》わり合《お》うては、わが身が危《あやう》い」

「そのことよ」

「よし。こうなったら仕方もない」

「手を引くか？」

「引こう」

「それがいいな」

とばかり、夜が明けぬうちに、姿を消してしまったそうな。

この浪人たちも、また増子も浅岡弥兵衛も、下屋敷を襲撃したのは、池田辰馬の手の者だ

とおもいこんでいる。

それは間ちがいのないことだが、金杉新田へさそい出したのも、辰馬派の密計《みっけい》だとおもった。

そして、下屋敷の浪人たちが手薄になったところで、関根重蔵を討ち取ったのであろうというわけだ。

三

それから三日目の夜。

五ツ半（午後九時）ごろであったが……。

御徒町の池田屋敷では、奥方・増子の居間へ、浅岡弥兵衛と腹心の宇野伝七郎が切迫の面持ちであらわれた。

このところ、増子は夜半まで居間にいる。

そして、浅岡用人をよんでは、密談に耽《ふけ》っているらしい。

だが、どうにも、

（打つ手がない……）

ようである。

そもそも、事態が、このように啻《ただ》ならぬ成行となったのは、増子が池田家の長男・辰馬の暗殺を計画しはじめ、関根重蔵たちを下屋敷へ入れたからだ。

たちまちに辰馬は、この不穏《ふおん》な気配に気づき、自分の部屋を〔奥〕から〔表〕へ移し、外《そと》出《で》の折には高田玄丹一味の剣客を二人ほど、絶えず身辺につきそわせ、屋敷内では腹心の家来たちにまもられて油断をしなかった。

(よし。こうなれば、こちらも黙ってはおられぬ)

辰馬は密《ひそ》かに決意をし、腹心の山本惣六・井坂為次郎をして、腹ちがいの弟の正之助をおびき出し、この暗殺をはかったのだ。

父の池田備前守の病状がおもわしくなくなるにつれ、生母の増子が、

(何としても、家督を正之助に……)

と、執念を燃やしはじめたことに、正之助は困惑した。

むろん、正之助に、その野心はない。

屋敷内の家来や侍女たちまでが、二派に別れはじめ、それぞれに勢力をふくらませて、事ごとに対立し、反目しはじめたことに、正之助は苦悩した。

「辰馬殿などに家督をされては、池田家の行末が案じられる」

と、生母の増子はいう。

なるほど、辰馬は、増子が後添《のちぞ》えに入って来たときから仲が悪い。

増子の実家は、八千石の大身旗本・本多《ほんだ》大和守忠行《やまとのかみただゆき》である。

家柄も身分も、四千石の池田家がおよばぬわけであって、嫁《とつ》いで来たときから、増子の権《けん》威《い》は大きかった。

さて……。

浅岡弥兵衛は、増子の実家から、つきそって来て、池田家の奥用人に就任したのだ。

池田正之助は、腹ちがいの兄・辰馬が、侍女の三津《みつ》を通じて密かにわたしてよこした手紙を見るや、そっと、屋敷をぬけ出した。

その手紙には、

「近ごろの屋敷内の様子を見るに、行末が案じられてならぬ。久しく口をきくこともなかったが、ここは兄弟ふたり、心を合わせて騒動が起らぬようにいたしたい。それにつき、ふたりきりにて種々談合したいので、だれにも知られぬよう、浅草寺・念仏堂《ねんぶつどう》裏までまいられたい」

まぎれもなく辰馬の筆で、したためられてあった。

正之助は、

(ようも、兄上は、このような心になって下された)

むしろ、よろこんで、三津の手引きにより屋敷をぬけ出し、浅草寺へ向った。

奥向きの侍女の中にも、三津のように、辰馬のためにはたらいている者もないではない。

正之助が、浅草寺の念仏堂裏へ行くと、そこに山本と井坂が待ち受けており、

「よう、おこし下されました」

「かたじけのうございます」

手を取らんばかりに、

「では、これより、辰馬様がおられます場所へ御案内つかまつります」

「兄上は、何処《いずこ》に？」

「さほど、遠くはございません」

そして二人が、正之助を引きまわし、石浜神明宮裏手の木立の中で、正之助を殺害しようとし、正之助は危いところを藤枝梅安に救われたのである。

はなしを、もどしたい。

増子の居間へあらわれた浅岡弥兵衛と宇野伝七郎の顔色は、緊張に蒼《あお》ざめていた。

「奥方様。ただいま、裏門へ、二人の僧がまいりまして……」

「何、僧がまいった……？」

「はい」

二人のうち、堂々たる体格の僧が、

「私は、青山の海蔵寺《かいぞうじ》よりまいりました僧にて、鉄雲《てつうん》と申しまする」

と、名乗り、

「奥御用人・浅岡弥兵衛様へ、お目にかかりたし」

そこで、門番が浅岡に取りつぎ、浅岡が宇野と共に出て来ると、僧・鉄雲は、

「実は、御当家の御二男・正之助様につき、奥方様へ、ぜひとも申しあげたきことあって、まかりこしました」

「何、正之助様の……？」

悠々として、いい出た。

「はい」

「正之助様の行方を御存じでござるか？」

「はい」

浅岡と宇野は、顔を見合わせた。

金杉新田のこともある。迂闊《うかつ》に、はなしに乗っては危い。

それにしても、法衣《ほうえ》に袈裟《けさ》をまとい、青々《あおあお》と頭を剃《そ》りあげた鉄雲は、だれが見ても、きびしい修行を経た僧侶としかおもえぬ。

また、鉄雲につきそっている三十前後の僧も、品のよい顔だちだし、物腰《ものごし》が落ちつきはらっている。

「正之助様は、いずこにおわします？」

「いや、それは奥方様のお耳へ直《じ》き直《じ》きにと、正之助様より御依頼を受けましたゆえ」

こういって鉄雲が、一通の手紙を出し、

「先ず、これを、奥方様に御披見《ごひけん》をたまわりますよう」

「これは？」

「先ず、奥方様へおわたし下され。それまで、われらは此処に待たせていただきまする」

そこで浅岡と宇野が、手紙を持って居間へあらわれたのだ。

増子が手紙の封を切り、手紙を開いた。

途端《とたん》に、増子の顔色が変った。

「ああ、これは、まぎれもなく正之助の筆じゃ」

「えっ……」

「まことでございますか？」

「ま、まことじゃ。弥兵衛。これを見よ」

「はっ」

増子から手紙を受け取って見た浅岡弥兵衛が、

「まさに……」

呻《うめ》くがごといい、手紙を宇野伝七郎へわたした。

手紙には、こう書いている。

私はいま、傷を負うて身うごきもなりませぬ。何とぞ、鉄雲師にお会い下されっ。

正之助

母上様

「弥兵衛。その二人は、青山の海蔵寺の僧と申したな？」

「はい」

青山の海蔵寺は、近江・彦根三十五万石、井伊家《いいけ》が寛文十一年に営建《えいこん》した寺で、その名は増子も浅岡用人も、耳にしたことがある。

「これへ、早う……」

と、増子が、おもわず腰を浮かせるようにした。

「かまいませぬか？」

「かまうもかまわぬもない。正之助が手紙をよこしたのではないか」

たしかに偽筆《ぎひつ》ではない。

梅安が、正之助本人に書かせた手紙なのである。

いうまでもなく、書いた正之助が増子をおもい出したわけではない。

「では、ただいま……」

浅岡と宇野は、二人の僧を迎え入れるために居間を出て行った。

僧・鉄雲は藤枝梅安。つきそいの僧が小杉十五郎であった。

奥方の居間のあたりが、にわかにあわただしくなった様子に、侍女の三津は気づいていた。

だが、夜のことゆえ、〔表〕の辰馬派の家来へ連絡を取ることはむずかしい。

むりに、そのようなことをすれば、侍女の奈加に怪しまれる。

実は……。

前に、増子が辰馬を毒殺しかけたことがあった。

それを三津が察知して、これを辰馬へ密告したため、辰馬は〔奥〕から〔表〕へ、部屋を移したのである。

四

藤枝梅安は、小杉十五郎と共に、増子の居間へみちびかれると、

「海蔵寺の僧にて、鉄雲と申しまする」

重々しく、挨拶をしてから、

「卒爾《そつじ》ながら、お人ばらいを願わしゅう存じます」

と、いった。

浅岡弥兵衛が、

「いや、それがしは、奥用人を相つとむる者にて……」

いいかけるのへ、梅安が、

「これは正之助様より、かたく念を入れられたことゆえ、奥方様のお耳へのみ、申しあげたく存ずる」

「なれど……」

「お聞きとどけなくば、何も申しあげずに立ちもどりまするぞ」

「これ……」

と、増子が浅岡へ、

「下《さが》っていや」

うなずいて見せた。

「は……」

「下ってよい」

こうなっては仕方もない。

「では……」

浅岡が腰をあげたとき、梅安は、手にしていた細長い包みを開いた。

中から、まぎれもない正之助の小刀《しょうとう》があらわれた。

梅安は小刀を、

「正之助様、御所持《ごしょじ》の刀にござる」

こういって、浅岡弥兵衛へ手わたした。

「まさに……」

と、浅岡も、これで、すっかり安心をしたようだ。

浅岡は増子に一礼し、正之助の小刀を胸に抱き、次の間をぬけて廊下へ出た。

これを見送るかたちで、小杉十五郎が次の間へもどり、境の襖をぴたりと閉めた。

浅岡用人は、廊下にいた宇野伝七郎へ何かささやき、増子の居間と廊下をへだてた一間へ入り、襖を開け放《はな》ったまま、待機することにした。

廊下の片隅には、浅岡の指図によって、侍女の奈加が控えており、あたりへ目を配っている。

増子の居間では……。

「鉄雲殿とやら。これでよろしいか？」

と、増子。

「はい」

「して……して、正之助は、いま何処《いずこ》へ？」

身を乗り出す増子へ、梅安がうなずき、ふところへ右手を差し入れた。

「鉄雲殿。正之助は海蔵寺が、おかくまい下されてか？」

「はい」

「ま、それは……」

見る見る、増子の面上へ安堵《あんど》の色が浮きあがってきた。

「先ず、これを、ごらん下されますよう」

ふところから取り出した袱紗《ふくさ》包《づつ》みを右手から左手へ持ち替えつつ、藤枝梅安の右手の指が帯の間へ入った。

「何であろう？」

「先ず、ごらんを……」

いいながら、梅安の左手が差し出す袱紗包みを、胸を躍らせつつ、増子が受け取った。

転瞬……。

梅安の巨体が突風のごとくうごいた。

燭台《しょくだい》の大蠟燭《おおろうそく》の灯がゆらめいた。

左の拳《こぶし》を増子の鼻柱のあたりへ突き入れるのと同時に、怪鳥《けちょう》のごとく飛んだ梅安の躰が増子の背後へまわり、帯の間から抜き取った仕掛針《しかけばり》の細い光芒《こうぼう》が、増子の延髄《えんずい》へ深々と吸い込まれたのである。

増子は、ほとんど、声をあげなかったといってよい。

梅安の左拳の強撃を鼻に受けたとき、

「う……」

わずかに声を発したが、そのときはもう、半ば気を失なっていたろう。

間《かん》、髪《はつ》を入れずに、梅安の仕掛針が止めを刺した。

左手に増子の肩をつかみ、がっくりと顔を伏せた奥方の頸《くび》すじの急所から、きゅっと仕掛針を抜き取った梅安が、

「小杉さん……」

低く、呼びかけた。

十五郎が襖を開けて、顔を見せ、

「うむ」

うなずいたのへ、うなずき返した梅安が増子の躰を仰向けに寝かせてから、奥庭に面した縁側へ出た。

襖を閉めた十五郎は、まだ、次の間に坐っている。

そして、廊下の気配に耳をすました。

縁側へ出た梅安は、すばやく、雨戸を一枚開けておいて、居間へもどり、

「小杉さん。行くぞ」

声をかけておいて、縁側から奥庭へ下りた。

すぐに、小杉十五郎が追いついて来た。

「こっちだ」

「よし」

池田屋敷内の様子は、梅安が萱野の亀右衛門から受け取った絵図面と少しも狂いがない。

この簡単な絵図面を描いて亀右衛門へわたしたのは、増子暗殺を亀右衛門に依頼した〔起《おこ》り〕の男であった。

「あ……?」

奥庭を突切り、裏手の、石畳の通路へ出た二人は、たちまちに裏門の内側へあらわれ、

「先程の……」

門番の足軽二人が飛び出して来たときには、梅安と十五郎は早くも潜門《くぐりもん》を内側から開け、外の暗闇へ走り出ている。

細道から細道へ、吹きぬける風のごとく走りつつ、

「うまく行ったな、梅安どの」

「おもいのほかに、な」

「先ず、よかった」

「はじめは、池田備前守を診《み》ている御番医の村岡玄道の代脈《だいみゃく》に化けて、乗り込もうと考えたのだが……」

「ほう……」

「やはり、うまく行きそうもないので、やめにしたのだ」

「それにしても、正之助さんに、手紙を書かせたのは、よいおもいつきだった」

「その、おもいつきを、この足りない頭から絞り出すまでが、いや、大変だったのだ」

二人は、新寺町の大通りを突切り、下谷の広徳寺《こうとくじ》の東側の細道へ飛び込んだ。

いつの間にか、彦次郎が駆けあらわれ、

「梅安さん。うまく行ったようだね」

「おお、彦さんか」

「追手《おって》は、かかっていねえようだ」

「そうか。彦さんが買って来てくれた、この法衣《ころも》が大分に効いたよ」

「そりゃあ、よかった」

寺院がたちならぶ道を、いくらか速度をゆるめて入谷田圃《いりやたんぼ》の闇に、三人の姿が溶け込んでしまった。

一方、裏門の足軽から知らせを受けた浅岡弥兵衛と宇野伝七郎が、増子の居間へ駆け入って見て、声もなく立ち竦《すく》んだ。

仰向けに倒れ、息絶えた奥方の鼻腔《びこう》から、おびただしい血が流れ出している。

五

木枯《こがらし》が吹きつけ、土埃《つちぼこり》がひどい通りの向う側を指さしながら、

「正之助さん。よいかな、向うの、あの大きな御屋敷が、あなたの生まれ育ったところなのだ。あなたは、四千石の御大身、池田備前守様の御二男なのだ」

と、藤枝梅安が池田正之助の肩を抱くようにして、ささやいた。

いま、二人は、御徒町の通りをへだてて池田屋敷の筋向《すじむか》いにある加藤遠江守《かとうとおとうみのかみ》・上屋敷の北側の塀《へい》の角に立っていた。

杖《つえ》をついた藤枝梅安は着ながしに羽織をつけ、塗笠に顔を隠してい、腰に脇差を帯びている。

正之助は、梅安がととのえてくれた羽織・袴に大刀のみを帯し、編笠をかぶっていた。

このあたりは、大名や武家の屋敷ばかりだし、いまは昼下りのことだから、道行く人びとも多く、塀の蔭へ身を寄せて語り合っているかたちの梅安と正之助を、怪しむものとてない。

池田備前守の奥方・増子を殺害されてより、七日が過ぎていた。

藤枝梅安は池田正之助を町駕籠《かご》へ乗せて連れ出し、この近くで正之助を駕籠から出し、加

藤屋敷の塀外から、池田屋敷を見せたのである。

「どうかな、何ぞ、おもい出されたか？」

こたえはない。

正之助は編笠の内から、凝《じっ》と、池田屋敷の長屋門を見つめている。

しばらく、間《ま》をおいてから、梅安が、

「見おぼえがありませぬかな？」

「あれが、私の……」

「さよう」

「どうして、わかります？」

「いろいろと手間をかけ、探《さぐ》り出したのですよ」

「は……」

正之助が頭を下げ、

「御礼の言葉も、ありませぬ」

「さようなことは、どうでもよい」

「何となく……」

「え？」

「見おぼえがあるような……」

「あの御屋敷に？」

「いえ、このあたりの様子に……」

と、正之助は通りの彼方此方《あちこち》へ目をやりつつ、

「見おぼえが、あるような……」

「それでよい。傷が癒《なお》るにつれ、やがて、すべてをおもい出すことができよう」

「はい」

「さ、お行きなさい。あなたを見たら御屋敷の人びとが、さぞ、おどろきましょう」

「なれど、私は、どうしたらよいのか……」

正之助は、記憶がもどらぬ自分に強い不安をおぼえている。

梅安たちと共に暮していた明け暮れに、未練が残っていた。

「さ、お行きなさい。大丈夫じゃ」

きびしい梅安の声に、正之助が、

「せめて、お住居《すまい》を……」

「いいや、なりませぬ。そして私どものことは、他言《たごん》なさらぬことだ。よろしいか」

「は……」

彦次郎の家が、どのあたりにあるのか、正之助には見当もつくまい。

荷車の上の葛籠《つづら》の中や、駕籠へ入れられて行ったり来たりしたのだから、わかるはずはな

い。

ただし、梅安たちの名は、耳にはさんだこともあったろう。

梅安たちが、たがいに名を呼び合うのを聞いていたはずだ。

「さ、これを……」

手にした杖を正之助へつかませて、梅安は、

「お達者で、な」

正之助の背中を突きやるようにした。

おろおろしながら、正之助は歩み出し、それでも心細くなってきて、

「もし……」

振り向いたときには、藤枝梅安の姿は消えていた。

仕方もなく、たよりなげに、池田正之助は通りを突切り、池田屋敷の長屋門の前へ立ち、

「ごめん……ごめん下され」

声をかけた。

その声に、門番小屋の格子窓から外をのぞいて見た足軽が、

「ああっ……」

驚愕《きょうがく》の叫びを発した。

「どうした？」

「御二男様が、もどられた」

「な、何だと……」


それから半刻（一時間）後に、藤枝梅安は、日本橋・富沢町の蕎麦《そば》屋〔駒笹《こまざさ》〕の二階座敷へあらわれた。

すでに、小杉十五郎と彦次郎が、酒を酌《く》みかわしながら、梅安が来るのを待っていた。

「梅安どの。どうであった？」

小杉十五郎が立って来て、

「うまく行きましたか？」

「ともかくも、屋敷の中へ入って行きましたよ」

「ふうむ……」

「それから？」

と、彦次郎。

「後は知らぬ。ここまでが精一杯のところだよ、彦さん」

「大丈夫かね？」

「何が？」

「自分の母親が殺されてしまったのだから、後楯《うしろだて》がなくなって、ひどい目にあうのではあるまいか？」

「いや、そうではないのだ」

「どうして？」

「悪い後楯がついていればこそ、正之助さんが危い目にあうのさ。いまは、おそらく大丈夫だろうよ」

「そんなものかね」

「武家というものは、そうしたものだ」

と、これは十五郎が口をはさんだ。

酒や肴《さかな》が運ばれて来て、三人は、しみじみと酒をのんだ。

「これで、肩の荷が、みんな下りてしまったねえ、梅安さん」

「うむ。萱野の亀右衛門さんも大よろこびだった」

「この仕掛けを亀右衛門さんのところへもって来た起りは、どこのだれなのだろう？」

この彦次郎の問いかけに、藤枝梅安はこたえようとしなかった。知っているようでもあり、知らぬようでもある。

苦笑した彦次郎が、

「聞いたところで、はじまらねえか」

「そのとおりだ。ところで、どうする？」

梅安が二人の顔を見廻しながら、

「肩の荷は下りたが、まだまだ、面倒が残っている」

「私のことなら、かもうてくれるな」

「いや、小杉さん。白子屋菊右衛門は私のいのちもねらっているのだ」

「御安泰《ごあんたい》なのは、おれだけか……」

「いや、彦さん。お前の家も、いろいろと使わせてもらったことだし、どこから、どんな目が光っているか知れたものではない」

「そうだねえ。あの家にも、そろそろ飽《あ》きてきたところだ。他へ移ってもいいな」

「ともかく、三人とも、しばらくは江戸を離れたほうがよいとおもう」

「三人旅か……わるくないねえ」

「金は、たっぷりとある」

「どこへ行こう?」

「どこへでも……」

夕闇が濃くなりはじめてから、三人は〔駒笹〕を出た。

別に油断をしていたわけではないが、梅安は塗笠を二階座敷へ置き忘れてしまった。

十五郎は例の托鉢《たくはつ》坊主の姿で、これは〔駒笹〕を出るとき、すでに網代笠をかぶっていた。

彦次郎は、いつもの姿で、はじめから笠を手にしていない。

「あ……」

すぐに気づいた藤枝梅安が、

「笠を忘れた……」

「ようござんす」

彦次郎が〔駒笹〕へ入って行き、女中から笠を受け取り、すぐにもどって来た。

この、ごく短かい間に、夕闇の中で梅安の顔を見た者がいる。

それは、ほかならぬ白子屋菊右衛門であった。

この日。

菊右衛門は配下の男二人を従えて、日本橋から深川界隈《かいわい》を縄張《なわば》りにしている香具師《やし》の元《もと》締《じめ》・島崎《しまざき》の音蔵《おとぞう》を訪問した。

菊右衛門と音蔵は同年配だし、むかしからつきあいが深い。

音蔵が大坂へ来たときは、かならず、菊右衛門の家へ泊るほどだ。

島崎の音蔵は、

「いつ、江戸へおいでなすった、なつかしいなあ」

大よろこびで菊右衛門を迎え、

「この近くに、うまいものを食べさせる料理屋がある。ともかくも、そこへ行きましょう」

　これも配下の者二人を連れ、日本橋・橘町《たちばなちょう》三丁目の住居を出て、菊右衛門を案内しながら、浜町堀の道へ出た。

　その堀川の向うの富沢町に〔駒笹〕がある。

　川をへだてて、白子屋菊右衛門は、〔駒笹〕の前に立っている藤枝梅安を発見したのだから、その目のするどさは、さすがだったといえよう。

「あ……」

　低く叫び、菊右衛門が身をひるがえして、最寄《もよ》りの煙草屋の横の細道へ飛び込んだ。

「どうしなすった？」

　おどろいて尋《き》く島崎の音蔵へ、

「音蔵どん。手を貸して下さるか？」

「いったい、何が……？」

　菊右衛門は道に立ったまま、おどろいている配下の者たちへ、

「そんなところへ立っていてはいけない。こっちへ……早くこっちへ……」

　と、声をかけた。

　それとも知らず、笠をかぶった梅安・十五郎と彦次郎は、浜町堀の道へは出ず、大門《だいもん》通りの方へ歩み出していた。

　日中の強い風は熄《や》んだが、底冷えが強《きつ》い。

「今年も、もうすぐに終る」

塗笠の内で、梅安がつぶやいた。

六

いまにしておもえば迂闊《うかつ》なことだが、小杉十五郎は白子屋菊右衛門へ身柄をあずけたとき、牛堀道場の内紛から、幕臣の子弟たちを何人か斬り殪《たお》したことを告げてあった。

もっとも、あのときは藤枝梅安も、白子屋菊右衛門を信じていればこそ、十五郎の身柄を托《たく》したのだから、むりもなかったともいえよう。

ゆえに……。

菊右衛門は、大身旗本の片桐・松平両家の子息が十五郎の刃《やいば》にかかったことを知っていた。

この夜。

梅安たちが、塩入土手の彦次郎の家へ入るのを突きとめたのは、島崎の音蔵の配下たちである。

この二人は、梅安たちを尾行しながら、道々、仲間の香具師たちへ声をかけ、合わせて十人がかりの尾行をしたものだから、さすがの梅安も十五郎も、これに気づかなかったのだ。

つまり、同じ者が尾行するのではなく、十人が交替で後をつけ、ときには先へまわって待ちかまえるということもする。

だから、気づかれないのだ。

いつまでも同じ者が後をつけていたのでは、気づかれるおそれがあるし、また、梅安たちなら尚更《なおさら》のことだ。

ともかくも、これほど完璧《かんぺき》な尾行はない。

こうして、彦次郎の家を突きとめた白子屋菊右衛門は、島崎の音蔵にたのみ、

「小杉十五郎が、浅草の外れに潜《ひそ》んでいる……」

ことを、木挽町《こびきちょう》の片桐主税助《ちからのすけ》屋敷へ急報した。

島崎の音蔵は、それと知《い》られた顔役だけに、諸方の御用聞《ごようき》きとも深いつながりがある。

音蔵は、御用聞きの口から、これを、片桐屋敷へ知らせたのだ。

御用聞きは、町奉行所の下に在《あ》ってはたらく。場合によっては、奉行所へ通告し、お尋《たず》ね者の小杉十五郎へ捕物陣《とりものじん》を張ってもよいのだ。

だが、片桐主税助は、松平斧太郎《おのたろう》・神保平七郎の両家へ急を告げ、談合をした結果、

「小杉十五郎は、われらのみにて討ち取ろう」

と、いうことになった。

牛堀道場の門人たちは別として、子息や、家来を合わせて八名を十五郎に討たれたのだか

ら、

「憎むべき敵を討つのに、上のちからを借りたのでは、面目《めんもく》が立たぬ」

そこで、彦次郎の吹矢《ふきや》によって右眼を失なった松平斧太郎が指揮を取り、片桐・松平・神保の三家から合わせて十八名の家来たちを出し、これに、去る日、小杉十五郎を尾行して見失なった岡本弥三郎・内田半平を加え、浅草へ出張ることになった。

総勢二十一名である。

この討手が三組に別れて出発し、石浜神明宮の門前へ集結したのは、四ツ半（午後十一時）ごろであったろう。

雪でも落ちて来そうな寒夜になっていた。

彦次郎の家では、まだ、三人とも起きている。

炬燵《こたつ》を囲み、夕餉《ゆうげ》の後から引きつづいて、酒を酌《く》みかわしている。

「あれから、池田屋敷では、どんなぐあいになったのだろうね？」

と、彦次郎。

「そりゃあ、大さわぎになったろうよ」

梅安が、そうこたえるのを十五郎が引き取って、

「だが、その大さわぎを表沙汰《おもてざた》にするわけにはまいるまい。大身の家の不祥事《ふしょうじ》が幕府《こうぎ》に知れたら大変なことになるからな」

「だから、十五郎さん。どのように始末をつけたのだろう？」

「さようさ。病気の殿様の耳へは入れますまいよ」

「家老が、しっかりした男ならよいのだが……」

「しっかりしているなら、こんなことにはなりますまい」

「まさに、な……」

「それよりも、正之助さんの身に、また何か起らねばよいが……」

「ふうむ」

三人は、顔を見合わせた。

「おもい出せたかな、むかしのことを……」

「彦さん。もう、よそう。あの奥方がいなくなったのだから大丈夫だろう」

「梅安どの。私も、そうおもう」

「この上に不祥事を引き起すようなまねは、いかに何でも……」

「莫迦《ばか》でないかぎりは……」

「うむ」

うなずいた藤枝梅安が、

「ところで、江戸を発つのは早いがよい。明日にしよう」

「梅安どの。私は、いつにてもよい」

「彦さんは？」

「いいとも。だが、梅安さんは、ゆっくりと、井筒のおもんさんと別れを惜しまねえでもいいのかえ？」

藤枝梅安が、苦笑も浮かべずにこたえた一言は、

「私は仕掛人だよ」

これであった。

しばらくして、三人は眠ることにした。

二組の夜具を炬燵を中心にして三つに分け、梅安と十五郎が身を横たえた。

台所へ水を飲みに行きかけた彦次郎へ、梅安と十五郎が、

「彦さん。私にも水をたのむ」

「私にも……」

「わかっていますよ。私は池田の家来どもとちがって、莫迦じゃねえからね」

「今夜は彦さん。妙にからむなあ」

「酒の所為《せい》だよ、小杉さん」

「ふ、ふふ……」

そのとき、彦次郎が台所から走りもどって来て、こういった。

「この家《うち》、囲まれていますぜ」

「何……」

「いま、外の様子が変なので、そっと窓を開けて見たら……」

「どうした、彦さん……」

「暗闇《くらやみ》がふくれあがって、こっちへ、押し寄せて来るような気がしたのでね」

「ふうむ……」

梅安が台所へ出て行ったが、すぐにもどって来て、

「囲まれているな、やはり」

梅安は唇をかみしめた。

どうして、この隠れ家がわかったのか、それは知らぬが、まさに、

(この梅安ともあろうものが……)

油断に、つけこまれたといってよい。

それにしても、五人や六人ではない。

(白子屋の手の者か、それとも……?)

梅安が、ちらりと小杉十五郎を見やったとき、早くも立ちあがって大刀をつかんでいた十五郎が、

「ここは、私が引き受けよう。早く、逃げて下さい」

「逃げるのは一緒だ、小杉さん」

「ぐずぐずしてはいられねえぜ」

と、彦次郎が、いきなり行燈《あんどん》を蹴倒し、台所から灯油《とうゆ》の入った容器《いれもの》を持って来て、部屋の中へ振り撒《ま》き、

「梅安さん。仕度はいいかえ？」

と、叫んだ。

「いいとも」

萱野の亀右衛門から受け取った仕掛料をふくめて三百五十両の大金が入った革袋《かわぶくろ》を、梅安は小脇に抱えた。

外で、男の声が叫びかわしているようだ。

「ここは一軒家だから、ほかへ燃え移ることはない」

いいながら彦次郎は、火を移しまわっている。

部屋が、家が、燃えあがりはじめた。

「行きますぜ」

彦次郎が、押入れの戸を開けた。

押入れの中の壁に仕掛けがしてあって、これを外すと壁が割れ、外へ飛び出せるようになっている。

彦次郎が仕掛けを外し、転げ出た。つづいて十五郎、梅安。

十五郎が外へ出たとき、

「あっ。出て来たぞ」

走り寄って来て、手槍を構えた二人へ、物もいわずに十五郎が躍りかかった。

「うわ……」

一人が手槍を放り出して転倒した。内田半平である。

十五郎の抜き打ちに右脚を切断されたらしい。

「あっ、小杉……」

もう一人の……これは岡本弥三郎だったが、屋内からふき出した炎《ほのお》を受けて、僧形《そうぎょう》の十五郎が闇に浮き出したのを見て、

「こ、小杉だ。お出合い下され!!」

悲鳴に近い叫びをあげる。

「こっちだ」

と、彦次郎が竹藪の中へ飛び込んだ。

彦次郎は、いざというときにそなえて、竹藪の中に細い道をつけてあった。

この細道を逃げながら、二人の後ろについた小杉十五郎が、大刀を揮《ふる》って竹を切り払い、道を塞《ふさ》いだ。

「逃《のが》すな、追え!!」

遠くで、松平斧太郎の叫び声が聞こえた。

燃えあがる一軒家を包囲した討手たちは、実におどろいた。

このような、おもいきったことをするとはおもわなかったろう。

火事ともなれば、近くの百姓たちが騒ぎ出す。人びとが駆けつけてくる。

これは、討手《うって》にとって、

「実に、まずい……」

ことになるわけだ。

多勢の人の目に、武装の二十一名がさらされることになる。

知らぬ人は、討手を何と見るであろうか。

人があつまればあつまるほど、まずいことになるではないか。

それが、彦次郎のねらいだったことは、いうまでもない。

「ざまあ、見やがれ」

竹藪を駆け抜けたとき、追って来る者は一人もいなかった。

空が赤く染まりはじめた。

「こっちだ、こっちだ」

彦次郎は先に立って畑道を突切り、雑木林の中へ飛び込み、

「もう、平気さ」

と、うそぶいた。

七

その翌々日の夕暮れ前に、旅姿の藤枝梅安・小杉十五郎・彦次郎の三人は、江戸から約十六里、武州の熊谷の宿外《しゅくはず》れ、荒川の八丁《はっちょう》堤《づつみ》へさしかかっていた。

三人とも、小ざっぱりとした町人の旅姿で、真《ま》新らしい菅笠《すげがさ》をかぶっていた。

八丁堤の川守地蔵《かわもりじぞう》の前にある茶店の前を通りすぎてから、十五郎が、

「梅安どの」

「うむ？」

「いまの茶店に、旅の浪人がひとり、酒をのんでいたのに気づかれたか？」

「あ……たしかに」

「あの男は、山口友次郎といって、剣術のほうの知り合いでしてな」

「ほう」

「仲のよかった男ゆえ、声をかけてみたいのだが……」

梅安は沈黙の後に、

「いいでしょうよ」

と、こたえた。

「七年ぶりでしてな。何、心配のいらぬ男ゆえ……」

「行っておいでなさい」

「すまぬな」

「今夜は熊谷を抜けて、本庄《ほんじょう》の近江屋という旅籠《はたご》に泊るつもりだ。そこで待っていますよ」

「心得た」

茶店の方へ引き返して行く十五郎を見送った彦次郎が、

「大丈夫かねえ」

「何、小杉さんは、私なぞより、よほど、しっかりしているよ」

「そうかねえ……」

梅安と彦次郎が、夜道をかけて本庄へ入ったのは、夜が更《ふ》けてからである。

旅籠の近江屋の主人・佐兵衛《さへえ》は、以前、梅安の治療を受け、難病を癒《なお》してもらったことがあるだけに、

「これは、これは梅安先生。よう、おこし下さいました」

夜更けの客ながら、よろこんで迎え入れてくれた。

「どちらへ、おいでに？」

「何、善光寺詣《もう》でにね」

「それはまあ、結構なことでございますなあ」

さて……。

小杉十五郎が近江屋へあらわれたのは、翌朝になってからであった。

「遅くなって、すまぬ」

「なあに、心配はしていませぬよ」

「梅安どの。はなしがおもしろくて、つい……」

「なるほど」

「それが、おもしろくもあり、気にもかかってな」

「ほう……」

十五郎の剣友だったという山口友次郎こそ、高田玄丹と共に、池田家の下屋敷を奇襲した浪人剣客の一人だったのである。

小杉十五郎は、自分が池田正之助に関《かか》わっていたことなど曖気《おくび》にも出さず、何くわぬ顔をして、山口友次郎のはなしを聞いたらしい。

「いや、まったく、ひどい奴らに関わり合うてしまったので、江戸を逃げて来たのですよ、小杉さん」

と、山口友次郎はいった。

山口は、旅で知り合った井上為之介《いのうえためのすけ》という浪人と共に江戸へ入り、井上がすすめるままに、高田玄丹道場の食客《しょっかく》となったのだそうな。

そのうちに、高田玄丹が山口と井上に、

「手を貸してくれ」

と、いう。

玄丹がいうには、大身の旗本・池田備前守の継室《けいしつ》が、自分の生んだ二男の正之助に家督をさせたいがため、浪人剣客を雇って、長男の辰馬を暗殺しようとしている。辰馬も危険を感じ、高田玄丹へ救いをもとめてきたので、何とか助けてやりたい。そこで、手を貸してもらいたいとのことだ。

「なるほど。たしかに、それはそうなのだが、この辰馬というのも、私は、あまり好きではなかったのですよ。しかし、乗りかかった舟だし、金も出る。そこでまあ、いろいろとやって、ついには柳島の下屋敷に住みついている浪人どもの頭《かしら》で、関根重蔵というのを討ち取ったのですがね」

と、山口友次郎は小杉十五郎へ語った。

(下屋敷で、そのようなことがあったのか……)

十五郎はおどろいたが、すこしも顔に出さなかった。

「そのうちに小杉さん。何と、当の奥方というのが急死しましてね」

「ほう……」

です」


「殺害されたらしい」

「ふうむ……」

「何でも、どこかの寺の坊主だというのが二人でやって来て、奥へ通り、殺害したというのです」

「大身の屋敷内で、そのようなことができるのかな」

と、十五郎は、あくまでも空惚《そらとぼ》けた。

「どんなぐあいだったのか、それは知らぬが、死んだことはたしからしい」

「なるほど」

「その二人の坊主が……」

と、いいかけて山口友次郎が、

「小杉さんは、どうして、頭をまるめたのです？」

「なあに、剣術が嫌《いや》になったからだ。連《つ》れの二人と善光寺詣でに行く途中なのだ」

「それはまた、殊勝《しゅしょう》なことですなあ」

山口は、牛堀道場事件も知らぬらしい。

「小杉さん。あなたとは旅で知り合い、半年も一緒に歩きましたな。あのころは私も、まだ若かった。どうです、また一緒に旅をしませんか？」

「それもよいが、なれど山口。どうしてまた、江戸をはなれたのだ？」

「もう、嫌気《いやけ》がさしてきましてな」

「どうして？」

「高田玄丹や、その池田辰馬にですよ」

「なれど、奥方と悪い浪人どもを退治《たいじ》したのだから、万事めでたしとなったのではないか。それなら、何も……」

「いえ、それがね。行方知れずになっていた二男の正之助というのが、突然、屋敷へ帰ってきましてな」

「ほう……」

「私は、くわしいことを聞かされていませんが、事のついでに、その正之助も暗殺してしまおうという……」

「だれが？」

「池田辰馬がですよ。たしかに自分は嫡男《ちゃくなん》なのだが、正之助がいると不安らしい。というのは、父の備前守は正之助のほうを可愛がっているので、それが不安で、おもしろくないわけだ。このさい、自分の邪魔になる人びとを、みんな片づけてしまおうという……いや実に、ひどい奴でしてなあ。それでもう、奴らとつきあうのが嫌になり、だまって江戸を脱け出して来たのですよ」

十五郎と山口は、熊谷宿の旅籠・上州屋へ入り、酒を酌《く》みかわしつつ語り合った。

十五郎が山口を残して上州屋を発ったのは、夜半であった。

「山口友次郎も一緒に善光寺へ行こうというので、これを説《と》き伏せるのに手間がかかってしまった」

結局、十五郎は、一年後の今日、熊谷の上州屋で山口と再会することを約し、別れたのである。

「そうか……まだ、池田屋敷の騒ぎはしずまらぬのか……」

こういって、藤枝梅安は黙念《もくねん》となった。

「正之助さんが気の毒だね、小杉さん」

と、彦次郎が梅安の横顔から目をはなさぬまま、十五郎へいった。

「そんな奴らに、また、殺されるのかとおもうとな」

「だが、正之助さんは、以前のことを、おもい出したのだろうか？」

「さあ、そのことは山口友次郎も、よくわからぬらしい」

「だがね、小杉さん……」

何かいいかける彦次郎を、このとき梅安が睨《にら》むように見やって、

「すこし、だまっていてくれ」

と、いった。

彦次郎と顔を見合わせた小杉十五郎の片頰《かたほお》へ微《かす》かに笑いが浮かんでいる。

八

浅草の橋場に〔不二楼〕という料理屋がある。

いまの主人は三代目だそうだが、客筋もよいし、料理もうまく、橋場の不二楼といえば、それと知られた店で、母屋《おもや》とは別に、大川に面して二棟《ふたむね》の離れ屋もある。

母屋の奥に〔蘭《らん》の間〕という三間つづきの客座敷があって、幕府の御絵師・井村幸信《いむらゆきのぶ》が蘭の花を襖に描いたところから、この名がつけられたのだそうな。

いま、この奥座敷に、池田辰馬と高田玄丹が、二人の浪人剣客と共に酒を酌《く》みかわしている。

浪人の一人は、山口友次郎の知り合いの井上為之介だ。

「のう、井上。おぬしが連れて来た山口友次郎がいなくなってから六日になるが、まだ、知らせがないか？」

と、高田玄丹が尋くのへ、井上は、

「あの人は風来坊のようなものだから、また、旅に出たのやも知れませぬな」

「野放《のばな》しにしておいて、大丈夫かな……？」

「御心配にはおよびませせぬよ。ああした旅まわりの剣客は、一つところに腰が落ちつかぬのです」

「む。それならば、よいが……」

「案ずるな、玄丹先生」

池田辰馬が口をはさみ、

「山口も、われらと共にはたらいたのだ。同じ秘密を背負《せお》うているのゆえ、めったに口外はすまい」

「なるほど」

「それよりも、早く、正之助をあの世へ送ってしまわぬといかぬ」

「さよう」

屋敷の表門へあらわれた正之助を、家老の伊藤新左衛門が抱きかかえるようにして、すぐさま、奥の病間に臥《ふ》している主人の池田備前守の許《もと》へ連れて行き、対面をさせた。

そのとき、正之助は、

「父上……」

と、叫んだ。

備前守が父であることをおもい出したことになる。

しかし、記憶のすべてがもどったわけではなく、暗殺されかかった日のことは、いまだにおもい出せぬらしい。

「もしも、あのとき、私が井坂と山本に命じて正之助をさそい出したことを、おもい出されたら困ることになる。その前に、正之助の息の根を止めてしまいたいのだ、玄丹先生」

「わかり申した」

「それに……それにな、正之助がもどってより、父上が元気を取りもどしはじめたのだ」

「ははあ……」

「父上は、私を嫌っている。でき得ることなれば正之助に家督をさせたいのだ」

「ですが、あなたさまがおられるからには、いかに殿様でも、そのようなまねができるものではありますまい」

「そこが、そうではない。家老の伊藤新左衛門、あの古狸《ふるだぬき》めが何をたくらむか知れたものではない」

「まさかに……？」

「家老も、私を嫌うている」

「おもいすごしではありませぬか？」

「いや、そうでない。伊藤はな、いままでは母上に押えられて手が出なかったのだ。その母上が殺害されてからは、人が違ったようになってしもうたわ。母上が得体の知れぬ坊主どもに殺害された責任《せめ》をとれというので、ついに、奥用人の浅岡弥兵衛に詰腹《つめばら》を切らせてしまったほどだ」

「まずいことになりましたな」

「母上を殺したのは、私が手をまわしたのだとおもいこまれている。これが困る。母上の実家《さと》の本多家へ、もしも、このようなうわさがつたわると尚更《なおさら》に困る」

「それにしても、奥方を殺害したのは、何者でしょう？」

「わからぬ。いかに考えても、わからぬ」

池田辰馬が、呻くように、

「こうなれば、正之助と共に、家老の伊藤も生かしてはおけまい」

と、いったものである。

それからしばらくして、辰馬は密談の席から廊下へ出て来た。

極月《ごくげつ》（陰暦十二月）へ入ったというのに、今日は、まるで春が来たような暖さであった。

辰馬は、小用《こよう》に立ったのだ。

廊下の突き当りに雪隠《せっちん》（便所）がある。

三坪もある立派な雪隠なのだ。

不二楼へは、よくやって来る池田辰馬だけに、座敷女中の案内もなしに雪隠へ入り、用をすませて廊下へ出た。

廊下の向うから躰の大きな男が、ゆっくりと、こちらへ歩んで来るのが見えた。

頭巾《ずきん》をあたまへ乗せ、立派な道服《どうふく》のようなものに巨体を包んでおり、茶道の宗匠のようにも見えた。

その大男が辰馬を見ると、

「や……」

おどろいて、すぐに、にっこりと笑いかけつつ、

「池田辰馬様ではございませぬか」

声をかけてよこした。

「……？」

辰馬には、見おぼえがない。

「どなたでござる？」

「されば……」

いいかけた男が辰馬の背後を見やって、

「この御方が池田辰馬様じゃ」

声を投げたものだから、自分の後《うし》ろにだれかがいるのかとおもい、辰馬が振り向いた。

その瞬間であった。

すぐ間近まで近寄っていた大男の……いや、藤枝梅安の右手が伸び、隠し持っていた仕掛針を池田辰馬の延髄《えんずい》へ突き入れた。

まさに、手練《しゅれん》の早業《はやわざ》というよりほかはない。

ぎくりと、こちらへ振り向いた辰馬の傍《わき》を、すっと梅安が擦《す》り抜けた。

仕掛針は辰馬の延髄へ深く突き込まれたままである。

擦り抜けて、藤枝梅安は小走りに廊下を突き当り、右へ折れた。

そこは、戸が開け放しになってい、庭に面している。

白足袋《しろたび》のまま庭へ下りた梅安は、大川にのぞんだ庭の縁《ふち》まで来ると竹垣を跨《また》いで越えた。

そこに、小舟が待っていた。彦次郎と小杉十五郎が乗っている。

梅安が小舟へ乗り移った。

そのとき……。

不二楼の廊下では、驚愕の目を大きく見開いたまま、硬直《こうちょく》した姿で、それでも二歩、三歩と蘭の間へ近づこうとしながら、口をぱくぱくとさせていた池田辰馬が、ぐらりとよろめいた。

折しも、廊下へあらわれた座敷女中が、

「あれ、どうなさいました？」

声をかけたのが合図にでもなったかのように、池田辰馬が凄《すさ》まじい音をたてて廊下へ打ち倒れた。

女中の悲鳴が起った。

このとき、梅安たちを乗せた小舟は、大川へ漕ぎ出していた。

漕いでいるのは彦次郎であった。

「梅安さん。不二楼の勘定《かんじょう》は忘れはしまいね？」

「うむ。十両ほど、座敷へ置いて来たよ」

「この後、池田家はどうなろうか？」

と、小杉十五郎がいい出たのへ、藤枝梅安は吐き捨てるように、

「知るものか。私にできたことは、これだけさ」

と、いった。

胸の内で、梅安は池田正之助へよびかけている。

(正之助さん。今日は、池田辰馬を仕掛けましたよ。お前さまの腹ちがいの兄ごをね。これは、やはり、お前さまへ情《じょう》が移ってしまったからでしょうな。それに……私が、自分の仕掛針で殺しておきながら、こんなことをいうのも妙なものだが、お前さまの母ごの供養《くよう》にもなったのではあるまいか。辰馬が死んで、母ごはあの世で、ほっとしていなさるだろう。だが、まあ、あのおふくろさまは、やはり生きていては困るねえ)

大川の水は午後の日ざしに光り、暖い日和《ひより》の所為《せい》か、屋根舟も、かなり出ているようだ。

鏡のごとく晴れわたった大空に、鳶《とび》が一羽、悠々と旋回《せんかい》している。

三人を乗せた小舟は、川面《かわも》に行き交《か》う荷舟の中へまぎれ込み、大川を下って見えなくなった。

九

庭に石を敷きつめてある二坪ほどの浴槽へ、樋《とい》の口から温泉がそそぎこまれ、あふれ出ている。

浴舎の中には、湯けむりがたちこめていた。

小窓から風がながれこみ、湯けむりがゆらぎ、浴槽の中に坊主頭が一つ見えた。

藤枝梅安である。

ここは、豆州《ずしゅう》・熱海《あたみ》の温泉で、梅安・十五郎・彦次郎の三人が滞在しているのは、海辺に近い下町にある伊豆屋久右衛門という宿屋だ。

伊豆屋は以前から梅安がなじみの宿で、前には内湯がなかったものだから、いちいち、本陣・今井半太夫と道をへだてて南側にある〔本湯《ほんゆ》〕へ入りに行かなくてはならなかった。本湯は熱海の共同浴場のようなもので、内湯のない小さな宿屋に泊っている客や、土地《ところ》の人びとが入りに来る。

しかし、今度、しばらくぶりに来て見ると、伊豆屋が内湯を引くことをゆるされたとかで、

「これは便利になった」

梅安は、よろこんだ。

多勢の人の目にふれぬほうが、よいにきまっている。

すでに、新しい年が明けていた。

梅安たち三人は、来る日も来る日も酒をのみ、新鮮な魚介を食べ、眠るというだけの明け暮れを飽《あ》きもせずにつづけている。

（正之助さんは、どうしているかな……？）

記憶は、もどったろうか。

池田家では、自分が仕掛けた奥方・増子の死を表沙汰にはしなかったろうが、すくなくとも増子の実家の本多大和守へは知らさぬわけにはまいらなかったろう。

そこを、

（どのように始末をつけたか……）

であった。

だが、数日後には梅安が池田辰馬を暗殺している。

こうなれば、すべてを死んだ辰馬に押しつけてしまうこともできたろう。

そこは、家老・伊藤新左衛門のはたらき一つにかかっている。

辰馬が死んで、増子が生んだ正之助が家を継ぐことになれば、本多家も強《し》いて事を荒立てはすまい、と、梅安は考えている。

（それにしても、辰馬が死んだことが萱野の亀右衛門さんの耳へ入っているだろうか……おそらく、入っていような）

亀右衛門に増子暗殺を依頼してきた〔起り〕というのは、池田家へ出入りをゆるされている商家の主人らしい。

「名前だけは、ごかんべんを……」

と、亀右衛門は梅安にいった。

その商家の主人は、池田備前守の先妻の引き立てを受け、その紹介によって、諸家への出入りもゆるされ、したがって深い恩義《おんぎ》を感じていた。

ところが、先妻が亡くなった後へ増子が入って来て権威をふるい、ついには、先妻の子の辰馬をしりぞけ、おのれが腹を痛めた正之助に家を継がせるべく暗躍をはじめたので、

（これでは、亡くなった奥方様が浮かばれまい）

と、決意をし、増子を亡きものにしようとおもいたった。

増子が入って来てからは、それまでの池田家へ出入りの商家は、ほとんど出入り差し止めになったという。

当時の池田家の内情は、意外に財政が逼迫《ひっぱく》しており、増子は輿入《こしい》れに際して相当の持参金をもって来た。それゆえ、権威も強くなったわけだ。

こうしたわけで……。

〔起り〕の男が池田屋敷内の間取りを知っていたのも当然といえよう。

梅安は、別に〔起り〕の男と亀右衛門の関係を知りたいとはおもわなかったが、

「実は、恥をいわねばなりませんが……むかし、私が、ある女に生ませた女の子を起りの人が養女にしてくれましてね。もう、いまは嫁に行き、三人も子があるということだが……さよう、私は生まれたときの顔しか知ってはおりませぬよ」

と、亀右衛門は、さびしげに洩らした。

このことを梅安は、いまもって彦次郎にも十五郎にも語っていない。

それにしても……。

〔起り〕の商家の主人は、池田辰馬の死を、どのように受けとめたろう。

そして、萱野の亀右衛門は……？

(あのときは、念を入れるため、仕掛針を埋め込んだままにして逃げたのだから、あるいは、私の仕わざと察したか……もしも、あの仕掛針に気づかぬまま、辰馬が土の下へ入ったのなら、気づかぬやも知れぬ)

梅安は浴槽の縁《へり》へ腰をかけ、

(ま、亀右衛門さん。これが藤枝梅安の仕掛けなのだ)

胸の内で、江戸にいる亀右衛門へ、そういった。

そのとき、板戸が開いて彦次郎が浴舎へ入って来た。

「梅安さん。長い湯だねえ」

「小杉さんは？」

「また、寝ていますよ。よく寝るものだねえ、あの人も」

「彦さんは、ここにいるのが飽きたのではないか？」

「いいや、飽きねえ」

「ほんとうか？」

「今年はまあ、暖《あった》けえ年越しをしたものだ。熱海というところは、まったくこたえられねえ」

「それなら、よかった」

　彦次郎が浴槽へ躰を沈めつつ、

「白子屋菊右衛門は大坂へ帰ったろうね、梅安さん」

「帰ったろうよ」

「あいつも殺《や》ってしまえばよかった」

「そういうな。あれでもむかしは、私の面倒をよく見てくれた男なのだ」

「だが、これから先も、あいつは、お前さんと十五郎さんをあきらめませんぜ」

「そうだろうな」

「そうですとも」

「彦さん……」

と、梅安がはなしを転じて、

「江戸へ帰ったら、お前の住居《すまい》を見つけなくては……」

「いつ、帰りますね？」

「その前に、一度、様子を見とどけておかぬと、な」

「私はね、梅安さんのところで、下ばたらきをさせてもらうよ」

「む……それも、よいな」

「小杉さんは、どうします。あの人は江戸にいると危《あぶ》ねえ」

「ふうむ……」

「ま、ゆっくりと三人で相談しましょうや。まだ先は長えもの」

「そのとおり。寒中《かんちゅう》の鯉《こい》が三尾《びき》、水の中に凝《じっ》としているのさ」

「水の中じゃあねえ、湯の中でだ」

「ちがいない。は、はは……」

「さ、背中を向けなせえ。ながしましょう」

「すまぬな」

「今夜は宿で、猪鍋《ししなべ》をしてくれるそうだ」

「鯉が猪を食うのかえ」

「どうも、大変な鯉だねえ、梅安さん」

池波先生を写す

但馬一憲

池波先生との出会いは、今から二十一年前の一九八〇年、私は二十六歳。講談社写真部に入って三年目で仕事も乗ってきた頃でした。銀座の資生堂パーラーで池波正太郎先生と常盤新平氏の対談があり、その撮影に私が駆り出されたのです。何の先入観もなく撮影をはじめ、ふと見ると池波先生のジャケットの襟《えり》が返っています。「すみませんが、襟が返っているので直していただけますか？」とお願いしましたら、いきなり「いいんだ、これで！」と、怒鳴られました。こちらは、びっくりです。もちろん、すぐに襟を直してくださいましたが忘れもしない一撃です。

次にお会いしたのは、「小説現代」のグラビア撮影のとき、確か「京都の池波正太郎」というタイトルだったと思います。池波先生は、資生堂パーラーでのことをおぼえていらっしゃらなかったようで、内心ほっとしました。おまけに、担当編集者の中澤さんに最低守るべき二つの事を教えてもらい、今度は怒鳴られずにすむぞと安心していたのです。

中澤さんから教えてもらったのは「とにかく、気が短い先生だから、時間は守ること。ただし、約束の時間よりも早すぎても遅すぎても駄目。集合の五分前に着いていること」それから「出されたものは、遠慮なくばくばくと残さず食べること」その二点でした。

さて、予備知識を得て大船に乗った気分の私は、老舗旅館「俵屋」の玄関先に立っていらっしゃる池波先生と俵屋の女将さんのツーショットを通り越しに撮り始めました。ところが、車の往来が多く、なかなかシャッターを切ることが出来ません。私もかなり短気ですから、内心いらいらし始め、車を避けてさっさと写そうと通りの向こうのお二人に「もう少し左へよっていただけませんか」とお願いしました。すると「いつまで撮っているんだ！」とまたもや怒鳴られてしまったのです。私の隣では中澤さんが「おいおい、怒ってるよ」とおろおろしているし、大船は一瞬にして沈没してしまったのでした。

その後、新撰組の屯所跡地などをまわったのですが、そのときは人もいなかったので、いろいろな角度から撮ることができ、池波先生からは「もういいのか」「だいじょうぶか」と、優しい言葉をかけていただきました。そのとき、さっき怒鳴られたのは池波先生ご自身が、いつまでも撮られるのが嫌だったのではなく、女将さんを旅館の前にいつまでも立たせていては申し訳ないと、そう気遣っての一撃だったのだと気づきました。

木曽取材時の写真（撮影・但馬一憲）

京都での仕事も終わり、一足先に東京に戻ることになった中澤さんと私を池波先生はホテルのロビーまで見送ってくださいました。そのとき「但馬くんはラークを吸うか」とおっしゃるので「はい」と答えると、フロントへ向かわれました。しばらくして戻ってこられるとロビーにあるたばこの自動販売機に硬貨を次々と入れ始めたのです。私にラークを1カートン下さるつもりでフロントへ買いにいかれたところ、係りの人に自動販売機で買うように言われたのでしょう。帰りの新幹線で、何度も何度も硬貨を入れている池波先生の姿を思い出しながら、ありがたくラークを吸わせていただきました。

その後、撮影の仕事があると「但馬にしてくれ」というリクエストがかかるようになったのです。私のどこを気に入ってくださったのかはわかりません。短気者同士、何か通じるものがあったのかもしれませんね。

そして、京都の次はやはり「小説現代」のグラビア撮影、木曽での仕事でした。ここではもう怒鳴られることもなく、ご持参くださった浴衣を着た姿を何枚も撮らせていただくことが出来ました。池波先生が浴衣を着ている姿は、背筋が伸び、実に格好がいいのです。今の若者のスタイルの良い格好よさではなく、とにかく「粋」なのです。食通、映画通でも有名な池波先生でしたが、私はおしゃれな池波先生が一番好きでした。

宿泊先の「いこまや」で鯉料理のもてなしを受けたときのことです。あまりの品数の多さに「もう食べきれない」と思ったそのとき「但馬くん、若いんだからもっと食べろ！」と、忘れかけていた一撃をくらいました。怒らせては翌日の撮影にも響きますから、とにかく必死で食べました。撮影の思い出より、食べまくった印象の残っている木曽ですが『料理を残しては申し訳ない』という板前さんへの気遣いが、ここでも感じ取れました。

梅安のふるさと、静岡県の藤枝で仕事をご一緒したときのことです。ホテルのラウンジでお茶を飲んでいると、いきなり「今度、お前をモデルにして書くぞ！　若くてかっこいい殺し屋だ。かっこよく死なせてやるからな」と言われたのでした。「梅安乱れ雲」に登場する男色の剣客、田島一之助《かずのすけ》が私です。「縮れた総髪をうしろへ垂らしている若い男で……」というくだりは、まさに当時の私の風貌そのものなのですが、但馬一憲は男色ではないことを、ここで一言お断りしておきます。

その突然の発言にも驚かされましたが、もう一つ驚いたのは、吉川英治記念館で撮影していたとき「おまえ付き合っている女の子はいないのか。仲人をしてやるぞ！」といわれたことです。そのときは何故、突然そのようなことをおっしゃったのか見当すらつきませんでした。しかし今考えてみると、自分が仲人になるような若い人間と付き合うのも、こいつが最後だと思われたのではないでしょうか。お子さんがいらっしゃったとしたら、ちょうど私くらいの年齢でしょうから親心だったのかも知れません。そして一年後、本当に仲人をお願いすることになったのです。池波先生の新郎新婦の紹介は、わずか三十秒。これといった取り得もない二人にとっては、これほどありがたいことはありませんでした。そのあとスピーチをいただいた中山あいこさんまで「あまり長くしゃべると池波さんの機嫌が悪くなるから」とおっしゃって、簡単に済まされたこともよく覚えています。

いろいろなところで私自身にもお気遣いいただき、またかわいがってもいただきました。

体調を崩されたのは、梅安シリーズの「梅安冬時雨」を御茶ノ水にある、山の上ホテルに泊まり込んで書いていらした頃だと思います。ホテルにお邪魔したとき「体調が悪くて筆が進まない。この年で体調が悪いと、人殺しを書くのは辛いよ」とこぼされました。

まもなく入院の報を受け、お見舞いに伺《うかが》うと泣きそうな顔をされて「よく来てくれたな」と握手をしてくださいました。お元気になられたら、いろいろなところへ旅をして、短気で優しい池波先生の写真をもっともっと取らせていただこうと思っていました。ですから、次の撮影が先生の葬儀の様子になろうとは、夢にも思っていませんでした。

生前に「葬式の写真は但馬が撮ってくれ」と頼まれていましたので、奥様のご了承を得て弔問の様子からお骨《こつ》を拾うところまで撮影させていただき、アルバムを作り奥様にお渡ししました。

池波先生とのお付き合いは十一年で終わってしまいましたが、短気を受け継ぎ、さりげない優しさと真似の出来ない粋な姿に憧《あこが》れて、田島一之助はこれからもシャッターを押しつづけていこうと思っています。

〈カメラマン〉

本文庫に収録された作品のなかには、今日の観点からみると差別的表現ととられかねない箇所があります。しかし作者の意図は、決して差別を助長するものではないこと、作品自体のもつ文学性ならびに芸術性、また著者がすでに故人であるという事情に鑑み、表現の削除、変更はあえて行わず底本どおりの表記としました。読者各位のご賢察をお願いします。

〈編集部〉

本書は、『完本池波正太郎大成16　仕掛人・藤枝梅安』（一九九九年二月小社刊）を底本としました。

|著者| 池波正太郎　1923年東京生まれ。『錯乱』にて直木賞を受賞。『殺しの四人』『春雪仕掛針』『梅安最合傘』で三度、小説現代読者賞を受賞。「鬼平犯科帳」「剣客商売」「仕掛人・藤枝梅安」を中心とした作家活動により吉川英治文学賞を受賞したほか、『市松小僧の女』で大谷竹次郎賞を受賞。「大衆文学の真髄である新しいヒーローを創出し、現代の男の生き方を時代小説の中に活写、読者の圧倒的支持を得た」として菊池寛賞を受けた。1990年5月、67歳で逝去。

新装版《しんそうばん》　梅安針《ばいあんはり》供養《くよう》　仕掛人《しかけにん》・藤枝梅安《ふじえだばいあん》(四)

池波正《いけなみしよう》太郎《たろう》

2001年6月15日第1刷発行
2023年2月16日第49刷発行

発行者——鈴木章一
発行所——株式会社　講談社
東京都文京区音羽2-12-21　〒112-8001
電話　出版　(03) 5395-3510
　　　販売　(03) 5395-5817
　　　業務　(03) 5395-3615

Printed in Japan

講談社文庫

定価はカバーに
表示してあります

KODANSHA

デザイン—菊地信義
製版———凸版印刷株式会社
印刷———株式会社KPSプロダクツ
製本———株式会社国宝社

ISBN4-06-273169-X

講談社文庫刊行の辞

二十一世紀の到来を目睫に望みながら、われわれはいま、人類史上かつて例を見ない巨大な転換期をむかえようとしている。

世界も、日本も、激動の予兆に対する期待とおののきを内に蔵して、未知の時代に歩み入ろうとしている。このときにあたり、創業の人野間清治の「ナショナル・エデュケイター」への志を現代に甦らせようと意図して、われわれはここに古今の文芸作品はいうまでもなく、ひろく人文・社会・自然の諸科学から東西の名著を網羅する、新しい綜合文庫の発刊を決意した。

激動の転換期はまた断絶の時代である。われわれは戦後二十五年間の出版文化のありかたへの深い反省をこめて、この断絶の時代にあえて人間的な持続を求めようとする。いたずらに浮薄な商業主義のあだ花を追い求めることなく、長期にわたって良書に生命をあたえようとつとめるところにしか、今後の出版文化の真の繁栄はあり得ないと信じるからである。

同時にわれわれはこの綜合文庫の刊行を通じて、人文・社会・自然の諸科学が、結局人間の学にほかならないことを立証しようと願っている。かつて知識とは、「汝自身を知る」ことにつきていた。現代社会の瑣末な情報の氾濫のなかから、力強い知識の源泉を掘り起し、技術文明のただなかに、生きた人間の姿を復活させること。それこそわれわれの切なる希求である。

われわれは権威に盲従せず、俗流に媚びることなく、渾然一体となって日本の「草の根」をかたちづくる若く新しい世代の人々に、心をこめてこの新しい綜合文庫をおくり届けたい。それは知識の泉であるとともに感受性のふるさとであり、もっとも有機的に組織され、社会に開かれた万人のための大学をめざしている。大方の支援と協力を衷心より切望してやまない。

一九七一年七月

野間省一

いわさきちひろ 絵本美術館編　ちひろ・子どもの情景〈文庫ギャラリー〉
いわさきちひろ 絵本美術館編　ちひろ・紫のメッセージ〈文庫ギャラリー〉
いわさきちひろ 絵本美術館編　ちひろの花ことば〈文庫ギャラリー〉
いわさきちひろ 絵本美術館編　ちひろのアンデルセン〈文庫ギャラリー〉
いわさきちひろ 絵本美術館編　ちひろ・平和への願い〈文庫ギャラリー〉
石野径一郎　新装版 ひめゆりの塔
今西錦司　生物の世界
井沢元彦　義経幻殺録
井沢元彦　光と影の武蔵〈切支丹秘録〉
井沢元彦　新装版 猿丸幻視行
伊集院 静　乳房
伊集院 静　遠い昨日
伊集院 静　夢は枯野を〈競輪躁鬱旅行〉
伊集院 静　野球で学んだこと ヒデキ君に教わったこと
伊集院 静　峠の声
伊集院 静　白秋
伊集院 静　潮流
伊集院 静　冬の蜻蛉《とんぼ》
伊集院 静　オルゴール

伊集院 静　昨日スケッチ
伊集院 静　あづま橋
伊集院 静　ぼくのボールが君に届けば
伊集院 静　駅までの道をおしえて
伊集院 静　受け月
伊集院 静　坂の上のμ〈野球小説アンソロジー〉
伊集院 静　ねむりねこ
伊集院 静　新装版 三年坂
伊集院 静　お父やんとオジさん(上)(下)
伊集院 静　ノボさん〈小説 正岡子規と夏目漱石〉(上)(下)
伊集院 静　機関車先生〈新装版〉
いとうせいこう　我々の恋愛
いとうせいこう　「国境なき医師団」を見に行く
井上夢人　ダレカガナカニイル…
井上夢人　プラスティック
井上夢人　オルファクトグラム(上)(下)
井上夢人　もつれっぱなし
井上夢人　あわせ鏡に飛び込んで
井上夢人　魔法使いの弟子たち(上)(下)

井上夢人　ラバー・ソウル
池井戸 潤　果つる底なき
池井戸 潤　架空通貨
池井戸 潤　銀行狐
池井戸 潤　仇敵
池井戸 潤　BT'63(上)(下)
池井戸 潤　空飛ぶタイヤ(上)(下)
池井戸 潤　鉄の骨
池井戸 潤　新装版 銀行総務特命
池井戸 潤　新装版 不祥事
池井戸 潤　ルーズヴェルト・ゲーム
池井戸 潤　半沢直樹 1〈オレたちバブル入行組〉
池井戸 潤　半沢直樹 2〈オレたち花のバブル組〉
池井戸 潤　半沢直樹 3〈ロスジェネの逆襲〉
池井戸 潤　半沢直樹 4〈銀翼のイカロス〉
池井戸 潤　花咲舞が黙ってない〈新装増補版〉
池井戸 潤　ノーサイド・ゲーム
石田衣良　LAST［ラスト］
石田衣良　東京DOLL

講談社文庫　目録

講談社文庫　目録

笠井　潔　梟《ふくろう》の巨《おおい》なる黄昏《たそがれ》
笠井　潔　青銅の悲劇（上）（下）〈瀕死の王〉
笠井　潔　転生の魔〈私立探偵飛鳥井の事件簿〉
川田弥一郎　白く長い廊下
神崎京介　女薫の旅　放心とろり
神崎京介　女薫の旅　耽溺《たんでき》まみれ
神崎京介　女薫の旅　秘に触れ
神崎京介　女薫の旅　禁の園へ
神崎京介　女薫の旅　欲の極み
神崎京介　女薫の旅　青い乱れ
神崎京介　女薫の旅　奥に裏に
神崎京介　I LOVE
加納朋子　ガラスの麒麟〈新装版〉
角田光代　まどろむ夜のUFO
角田光代　恋するように旅をして
角田光代　人生ベストテン
角田光代　ロック母
角田光代　彼女のこんだて帖
角田光代　ひそやかな花園

角田光代 石田衣良 ほか　こどものころにみた夢
川端裕人　せちやん〈星を聴く人〉
川端裕人　星と半月の海
片川優子　ジョナさん
神山裕右　カタコンベ
神山裕右　炎の放浪者
加賀まりこ　純情ババアになりました。
門田隆将　甲子園への遺言〈伝説の打撃コーチ高畠導宏の生涯〉
門田隆将　甲子園の奇跡〈斎藤佑樹と早実百年物語〉
門田隆将　神宮の奇跡
鏑木　蓮　東京ダモイ
鏑木　蓮　屈折光
鏑木　蓮　時限
鏑木　蓮　真友
鏑木　蓮　甘い罠
鏑木　蓮　京都西陣シェアハウス〈憎まれ天使・有村志穂〉
鏑木　蓮　炎罪
鏑木　蓮　疑薬
川上未映子　そら頭はでかいです、世界がすこんと入ります

川上未映子　わたくし率 イン 歯ー、または世界
川上未映子　ヘヴン
川上未映子　すべて真夜中の恋人たち
川上未映子　愛の夢とか
川上弘美　ハヅキさんのこと
川上弘美　晴れたり曇ったり
川上弘美　大きな鳥にさらわれないよう
海堂　尊　新装版 ブラックペアン1988
海堂　尊　ブレイズメス1990
海堂　尊　スリジエセンター1991
海堂　尊　死因不明社会2018
海堂　尊　極北クレイマー2008
海堂　尊　極北ラプソディ2009
海堂　尊　黄金地球儀2013
門井慶喜　パラドックス実践 雄弁学園の教師たち
門井慶喜　銀河鉄道の父
梶よう子　迷子石
梶よう子　ふくろう
梶よう子　ヨイ豊《とよ》

講談社文庫　目録

2022年12月15日現在

池波正太郎記念文庫のご案内

上野・浅草を故郷とし、江戸の下町を舞台にした多くの作品を執筆した池波正太郎。その世界を広く紹介するため、池波正太郎記念文庫は、東京都台東区の下町にある区立中央図書館に併設した文学館として2001年9月に開館しました。池波家から寄贈された全著作、蔵書、原稿、絵画、資料などおよそ25000点を所蔵。その一部を常時展示し、書斎を復元したコーナーもあります。また、池波作品以外の時代・歴史小説、歴代の名作10000冊を収集した時代小説コーナーも設け、閲覧も可能です。原稿展、絵画展などの企画展、講演・講座なども定期的に開催され、池波正太郎のエッセンスが詰まったスペースです。

https://library.city.taito.lg.jp/ikenami/

池波正太郎記念文庫〒111-8621 東京都台東区西浅草 3-25-16
台東区生涯学習センター・台東区立中央図書館内 TEL03-5246-5915

開館時間＝月曜～土曜（午前9時～午後8時）、日曜・祝日（午前9時～午後5時）**休館日**＝毎月第3木曜日（館内整理日・祝日に当たる場合は翌日）、年末年始、特別整理期間 **●入館無料**

交通＝つくばエクスプレス〔浅草駅〕A2番出口から徒歩8分、東京メトロ日比谷線〔入谷駅〕から徒歩8分、銀座線〔田原町駅〕から徒歩12分、都バス・足立梅田町－浅草寿町 亀戸駅前－上野公園2ルートの〔入谷2丁目〕下車徒歩3分、台東区循環バス南・北めぐりん〔生涯学習センター北〕下車徒歩3分

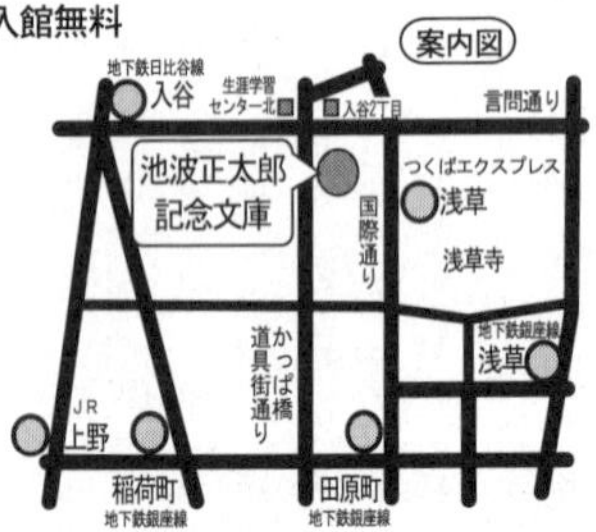